家族のかたち

森浩美

双葉文庫

目次

ホタルの熱

電車の窓からは曇り空をそのまま映したような鉛色の相模湾《さがみわん》が見えた。もうすぐ梅雨入りだ。ぼんやりと眺める遠い波間には漁船の影が揺れ、平日だというのにサーフィンを楽しむ人の姿も見える。

同じ車両には幾つかの中年女性グループが乗車していて、夫の悪口といった他愛無い話をしながら大きな笑い声を発していた。

騒々しい車中で、六歳になった息子の駿《しゅん》は、東京駅のキオスクで買った箱菓子を大事そうに胸に抱えたまま、私に寄りかかり眠っている。四角い菓子箱から息子の顔に視線を上げると、頬の辺りが赤味を帯びていた。

「もしかして、熱？」

私は息子の前髪を分けながら額に手のひらを当てる。

「やっぱり熱い……」

息子をそっと揺り起こし「ねぇ駿、気分が悪いの？」と訊いた。

息子はトロンとした目を開けると「ママ、ごめんね」といつものように先に謝った。

いつの頃からか、私が具合を尋ねるたび、息子はそれに答える前に謝るようになっていた。

「ね、どこか苦しい？」

「ううん……苦しくない……」

息子のシャツの後ろ襟から手を入れ、指先で背中の湿り具合を確かめる。

「汗かいてるじゃない……」

私は慌ててボストンバッグからフェイスタオルを取り出し、息子のシャツの裾をズボンから出すと、汗で濡れた背中を拭いた。

私がぼんやりと考え込んでいる内に息子は発熱していた。寄り添っていながら、息子の異変に気づけなかったことに気分が落ち込んだ。

「ママ、ごめんね」

息子はすまなそうに小さな声でまた謝った。

「ううん、ママも気づかなくてごめんね」

どうすることもできないことは分かっていたが、私は何かにすがるようにガタガタと揺れる車内を見渡した。

「次の駅で降りよう……」

私にもたれかかる息子を右手で抱えながら、もう片方の手で電車を降りる支度を始めた。

覚悟を決めて電車に乗ったはずなのに、息子の発熱におたおたする自分が情けなくなった。どうせもっと〝遠い場所〟へ連れて行ってしまうつもりだったのに……。それなのに息子の〝未来〟を心配している……私の胸の中で相反したふたつの想いが激しくぶつかりあう音が聞こえた。

息子と荷物を抱え、ホームに降り立ち、木の柱に取り付けられた丸い時計を見ると正午前だった。

待合室の隅っこで息子の濡れた下着を着替えさせた後、年配の駅員に近場の病院を尋ねると、市街地の地図を広げ病院の場所を教えてくれた。

温泉町らしく駅前のロータリーには客待ちのタクシーが何台も並んでいたが、この期に及んでまで少しでもお金を節約したいという染みついた習性がタクシーに乗り込ませなかった。

「駿、歩ける？」

「はぁはぁ……歩ける」

息子は私を気遣ってそう答えるものの、息を吐くたび肩を上下させる様子は酷《ひど》くだるそうに思えた。

「すぐにお医者さんに診《み》てもらえるから」と私は言い、身を屈めると息子をおんぶした。息子は眠っている赤ちゃんのようにだらりと手足をぶら下げた。立ち上がろうとしたとき、不意によろけてガードレールの端をつかんだ。

土産物屋の並ぶ舗道をよたよたと歩き始めると、観光客たちと擦れ違う。車内で見かけた中年女性たちと同じようなグループが、店先で干物の試食をしながら大笑いをしている。そのあまりにも喜々とした姿からはこの世に恐れるものなど何もないように感じられた。もうこの人たちは夫など必要としなくなってしまったのだろう……。脈絡もなくそう思った。

駅員が見せてくれた地図では五分とかからなそうに思えた病院まで辿りつくのに、十分以上もかかった。

息子を背負い、荷物をぶら下げての道程は少々こたえた。曇ってはいてももう六月だ、気温は高い。息が切れ私の身体からも汗が噴き出ていた。やはりタクシーを使えばよかったと今更ながら後悔した。

病院の待合室は混雑していて長椅子には空きがなく、私は立ったまま息子を抱きかかえ診察の順番が来るのを待った。待つ間に体温計で息子の熱を計った。

ようやく名前を呼ばれ診察室に入ると、小太りで眼鏡を掛けた医師が「ボク、どうしたかな?」と愛想良く尋ねた。

傍にいた看護師が「お熱があるんだよね」と代わりに答えると、医師は「そうか、熱が出ちゃったか、どれどれ」と、息子のおなかに触れたり、胸や背中に聴診器を当て始めた。

「特に何か心配するほどの病気ということはないみたいだけど、三十八度あるからなぁ」医師は息子の胸から聴診器を外すとそう言った。

医師の診断は大体予想がついた。かかりつけの病院でも同じようなことを言われることが多かった。息子は生まれながらに身体が弱いのか、普段からよく熱を出した。それでもやはり熱が出れば何か大病ではないかと、その都度心配になる。

「ま、一応、熱冷ましを飲めば大丈夫かな」と医師はカルテにペンを走らせた。

ひとまずほっとしながら息子の服を直した。

「旅行ですか?」不意に医師に訊かれた。

「え、あ、はい……」

何か不審に思われたのかとびくびくしながら答えた。

「じゃあね、お母さん、今日は動かないで、宿で安静にさせてあげて」

「分かりました、ありがとうございます」と答えたものの、予定外の下車ではあったし、もとよりどこにも宿の予約などしていなかった。

保険証を置いてきてしまったので診察料は高くついた。

通りの向かいにある薬局で処方してもらった薬を受け取りながら、若い薬剤師に近くで安い宿を知らないか尋ねた。一瞬、私の姿を値踏みするように見て「温泉地ですからね、泊まる所はたくさんありますよ」と彼女は素っ気なく答えた。

……途方に暮れた。

町の至る所に宿の案内板はあった。立派な旅館やホテルはすぐ目についたが、高そうな宿に泊まれるほど手元に持ち合わせがなかった。電柱に貼られた小さな看板ひとつひとつにも目を留めたが、いったいどの程度の宿なのか見当がつかなかった。

「もうちょっと我慢してね」

再び息子を背負いながら、ネズミ色のタイルが敷かれた川沿いの遊歩道を歩き始めた。歩道脇には深い緑の葉を茂らせた桜の木が並び、川の水面には小さな鳥たちが群れ、時折羽をばたばたとさせている。

五分ほど歩くと左手に川にかかった橋が見えてきた。石でできた欄干《らんかん》に『民宿・ななみ荘』という、おそらくお手製であろう錆び付いた看板がくくり付けてあった。

民宿なら、きっと宿代もそう高くはないだろうと思い、看板の矢印が示す方向へ歩いてみることにした。

『ななみ荘』は橋を渡ってすぐの場所にあった。佇《たたず》まいは古い二階建ての民家という印象だ。玄関サッシに嵌め込まれた玄関ガラスには白く大きな文字で『ななみ荘』と書かれ、玄関の両脇には植木鉢に植えられたあじさいが青紫色の花を咲かせていた。

私はもう一度建物全体を見渡し、それからガラス越しに中を覗き込んだ。薄暗くて中の様子ははっきりしなかったが「もうここにしよう……」と少し気弱に思った。

色褪せた灰色のサッシの引き戸を引くと掠《かす》れるような音がした。

「すみません、ごめんください」

私は玄関から延びる廊下の奥に向かって呼び掛けた。すると「はいはい」と返事をする声と同時に玄関の照明がつき、奥の部屋から白い割烹着《かっぽうぎ》姿の女将《おかみ》さんが現れた。白髪まじりの女将さんの歳の頃は六十半ばというところだろうか。ふとその姿が徳島の母に重なった。

「あの……すみません、今日、お部屋は空いてますか？」

女将さんは玄関の上がり口に膝を突いて座ると、息子をおんぶした私を見上げながら「子どもさん、具合が悪いの？」と空室の有無を答えるよりも、そう尋ねてきた。

「はい……」

「随分辛そうだね」

「熱が出てしまって」

「ま、大変だ、さあお上がりなさい」

「……」

「大丈夫、部屋なら空いてるから、さあ早く、さあどうぞ」

女将さんは私をそう促し、ボストンバッグと息子のリュックを手に持った。私はおぶっていた息子の靴を脱がし、胸の前に抱きかかえ直すと女将さんの後に続いた。

「二階が客室なの」と案内されるまま階段を昇ると、踏み板がギシギシと音を立てた。

「はい、こちらですよ」

通された部屋は六畳二間続きの和室だった。

「こんなに広い部屋は……」と言いかけると女将さんは「いいのいいの、今日の予約はないし、貸し切り。それに広い方が坊っちゃんも休まるでしょう」と微笑んだ。

女将さんは押し入れから布団を出し、手際良く敷いてくれた。

「じゃあ、坊っちゃんはここに寝かせて」

「すみません」

私は息子の身体をゆっくり布団の上に下ろし、タオルケットをおなかに掛けた。息子の額を撫でながら「もう大丈夫だからね」と声を掛けた。

「そうだよ、大丈夫だからね」

女将さんもそう言って息子に微笑みかけた。息子も小さく微笑み返し「うん」

と頷いた。

「えーと、後でいいから、それに住所と名前を書いておいて」と女将さんはテーブルの上の大学ノートを指差した。

「あ、それから洗濯物とかあったら遠慮なく出して」

「ありがとうございます、でも……」と断りかけると「坊っちゃん、下着とか替えなけりゃならないでしょう、熱が出ると汗かくし」と何もかもお見通しといった感じだった。

女将さんの物言いは客商売としてはくだけ過ぎている感じもしたが、私にとっては久々に家族と接しているような響きに聞こえ、気分が和らいだ。

「じゃあ……お言葉に甘えて」

私はさっき駅で着替えさせた息子の下着をバッグから取り出した。女将さんはそれを受け取り、膝の上で小さく丸めた。

「見ての通りの宿だから大したお構いはできないけど、料理はお任せでいい？」

「はい、お願いします」

「坊っちゃんの分は……そうそう坊っちゃんの名前は？」

「あ、駿といいます」

「そう、駿ちゃんね。じゃあ駿ちゃんには、お粥でも用意しようね。あ、それから氷枕だ」女将さんはまるで独り言でも呟くように部屋を出た。

女将さんが出て行った後、息子にシロップの熱冷ましを飲ませた。

「お薬飲んで少し眠ったらよくなるからね」

「ママ、ごめんね」

また息子は謝った。

私は「ううん」と首を横に振り息子に顔を近づけ「さあ眠って、ママ、ここにいるから」と息子の小さい手を取り、両方の手のひらで包んだ。

息子は安心したのか、しばらくすると静かな寝息を立て始めた。

少しばかり余裕の生まれた私は襖《ふすま》に背中を預け両足を伸ばすと、改めて部屋の中を見渡した。

床の間に置かれた時代後れなテレビも使い込まれた急須やポットも、古いなりにそれらは宿屋の風景だった。

私はゆっくりと立ち上がり南側の窓際へ移った。音を立てぬように窓ガラスを開けると潮の香りと温泉の匂いがした。

窓から上半身を乗り出してみると隣の敷地に大きなホテルが立っているのが分

かった。青々とした芝生が敷かれた広大な庭園には大きな池も見える。

窓を透かしたままにして、テーブルの傍の座布団に座った。女将さんに言われた宿帳を開き、ボールペンを握ったところで躊躇《ちゅうちょ》した。

本当の名前と住所を書くべきなのだろうか……？　世話になった女将さんに後々迷惑をかけることにならないだろうか……？　ふとそんなことが頭をよぎった。私は何も書き込まないまま、ボールペンを宿帳に挟み、それを閉じた。

どうしてこんなことになってしまったのだろう……？　私は今更ながら自分の人生を情けなく思った。


八年前の冬、当時文具メーカーに勤めていた私は同僚の女子社員に半ば強引に誘われ、彼女が住む東京の下町にある飲み屋へと連れて行かれた。

店の暖簾《のれん》を潜《くぐ》ると煙草の煙が立ちこめる中、同僚と同様、常連であろう客たちが酎ハイグラスを手に、大きな声で気勢を上げていた。

彼女は私を狭い店の奥へと案内したものの、すぐに顔見知りと立ち話を始めた。

私は周囲の異様な盛り上がり方に馴染めず、やはり来るべきではなかったという後悔の気持ちでじっと立ちすくんでいた。すると、その内のひとりの男の人が椅子の上にあった自分の荷物を退《の》け、何も言わずコクッと頭を下げた。「どうぞ」という意味だろうと思い、私も黙って小さく会釈をし、脱いだコートを抱え彼が空けてくれた席に座った。

私を放ったらかしにしていた同僚は私たちの傍へやって来ると「安藤《あんどう》くん、もうナンパしたの？」と彼に向かって軽口を言った。

「違うよ」と彼は頭を掻いた。

日に焼けて無精髭のある彼の顔つきはお世辞にも洗練された男のものには見えなかったが、時折、目尻を下げて笑う表情に私は温かさを感じた。夫の第一印象はそんなものだった。

夫はビルやマンションの電気設備工事をする会社に勤めていた。

東京の華やかさに惹かれ、四国から上京した私にしてみれば、夫は望むような匂いのする男ではなかった。が、丁度その頃別れた男が私に手を上げるようなタイプだったので、おそらくその反動もあったのだろう、不器用なものの、やさしい人柄の夫に次第に惹かれていった。それに三十歳間近というひとつの潮時感も働いた。

私たちはつきあい始め、その一年後に結婚をした。

結婚してすぐ、夫から独立したいと相談された。

「仕事を回してもらえる確約もある」

日頃の夫の仕事ぶりからすれば問題はなさそうに思えたが、やはり独立となると話は別だ。

「そうなると経理とかも自分たちでやらなきゃいけないんでしょう？　私、全然分からないし……」

「最初はオレがやるよ、和香子《わかこ》は少しずつ覚えてくれればいい」

「あまり私をアテにしないでね」

不安ながらも私は承諾した。

年老いて後継者もなく廃業するという、商店街に面した畳屋の一軒家を借り受け、『有限会社　安藤電気』を起こした。二階を住居、一階には手を入れ事務所兼道具置き場に改築した。看板を掲げた日、普段は控えめな夫がそれを見上げ満足そうに言った。

「どうだ、いいだろう？　うんと稼いで、和香子に楽さしてやるから」

「……私だけじゃなく、もうひとり楽させてほしいんだけど」

「もうひとり……って」

「お父さんは頑張らなくっちゃ」

私は身籠《みごも》っていた。

一年も経つと現場を掛け持ちでこなすほど夫は忙しくなり、若い子たちも数人雇い入れるようになっていた。端から見ていても夫の充実ぶりは伝わった。

「おたくは羽振りがよさそうだね」と顔馴染みの商店のおばさんたちから冷やかされたりもしたが、内心、満更でもなかった。

夫は駿が生まれてからは子煩悩ぶりを発揮し、仕事で疲れて帰って来ても息子の相手をよくしてくれた。

そんな平穏な暮らしの中で唯一の心配事といえば息子がよく熱を出すことくらいだった。

ところが、息子が幼稚園に入った年の暮れ、そんな生活を狂わせる出来事が起こった。

独立してから五年余りが過ぎていた。

「和香子、猪瀬《いのせ》社長んとこが負債抱えて潰れちまった」

夫は血相を変えて家に戻って来るなり叫んだ。猪瀬社長とは夫に仕事を回してくれていた工務店の社長のことだ。

夫は台所の椅子に腰掛けると項垂《うなだ》れて喋り始めた。

「春先、セントラルハウジングが倒産しただろう。猪瀬社長んとこはほとんど子会社みたいな関係だったからな、危ないって噂も聞いてたけど、まさかなぁ……」

「どうして、そんなことになるまで放っといたのかしら？」

「放っといたわけじゃないだろう、ただ社長は面倒見もいいけど、その分見栄っ張りだからな」

支払いが遅れるようなこともしばしばあったが、未払いということはそれまで一度もなかった。だから私は気にも留めていなかった。

「ねぇちょっと待って、まだうちに振り込まれてないお金はどうなるの？」

「無理だろうなぁ……」

「え、そんなぁ……うちの分だけでも……」

「さんざ世話になった俺が取り立てるわけにはいかないしな」

夫がすんなり独立できたのも経営が順調だったのも、猪瀬社長の後ろ楯があってのことだった。

「どうにか力になってあげられないもんかなぁ……」

夫は深い溜め息をつき、手で顔を覆った。

「薄情かもしれないけど、お金のことならだめよ、うちにだって支払いがあるんだから」

「ああ……」

「社長には悪いけれど、うちは他から仕事を請けるようにして。ね、とにかくうちのことを優先的に考えて、駿だっているし」と夫に念を押した。

大変なことになったとは思ったものの、正直、まだ深刻な影響がうちに出るとは考えつかなかった。

でも本当は、足元にあるはずのしあわせの土台が崩れ始めていた。

夫は昔のツテを頼り仕事を探した。しばらくは現場の遠い仕事とか細かな仕事を回してもらえた。でもひと月、ふた月と経つたび、仕事は半分また半分と減っていった。本当はみんな他人に仕事を回すほど余裕があるわけではない。後で知ったことだが、うちが調子のよかったときのやっかみも同業者にあったらしい。

雇っていた若い従業員たちも解雇し、まだ購入して一年も経っていない車を手放し、中古のミニワゴンで夫は仕事を続けた。

「何とかするから」と夫も踏んばってはいたが、一度悪い流れに呑み込まれると、どうもがいても手の施しようがなくなる。ついには借りていた一軒家に留まることもままならず引っ越しを余儀なくされた。

夫は引っ越しの日、安藤電気の看板を見上げながらしばらくぼんやりとその場に佇んでいた。

どうしてこんなことになるまで……？

猪瀬社長の会社が倒産したときに私が口にした言葉だ。我が身にふりかかって初めて気づく。時間は人が頭を抱え悩んでいる間も、決して止まってくれるわけではない。

更に数ヶ月経つとほとんど仕事もなくなり、夫は一日中部屋で塞ぎ込むようになった。

少しずつ預貯金を取り崩し、生活費の穴埋めをするようになっていた。

「駿の面倒を見てくれるなら、私がしばらくの間、働きに出ようか？」

ある晩、息子を寝かしつけてから私はそう切り出した。

「働くって……レジ打ちとかしたってたかが知れてるだろう」

「それはそうだけど、このままじゃ……それに女には水商売って働き場所もあるし」

「バカを言うなっ」

夫は珍しく声を荒らげた。

「十九や二十の小娘でもあるまいし」

「じゃあ、どうするのよ、駿はどちらかが面倒見なきゃいけないし、幼稚園だってタダじゃないのよ。それに、電気工事しかやったことのない人が、どっかの会社に勤めて事務仕事でもやれるの？　大体雇ってくれるかも分からないじゃないの、まったく、もうっ」

頭ではそれ以上言ってはいけないと分かっていたが、私は感情のブレーキが利かなくなっていた。

「誰よ、お前に楽させてやるって言ったのは」

「……」

「もう寝ます」

私は息子の布団の中に潜り込んだ。

その夜を境に私たち夫婦を気まずい雰囲気が支配するようになった。息子は敏感に察したのだろう、ことあるごとに私たちの注意を引くように夫婦の間に立っておどけてみせたが、あれほど子煩悩ぶりを発揮していた夫が「うるさい」と、そんな息子にさえ当たり散らすようになった。私は私で、口を開けば夫を責めることばかり言っていた。

その日の空は、秋の西陽が鱗雲《うろこぐも》を気持ち悪いほど真っ赤に染めていた。近所で買い物を済ませ部屋に戻ると、息子が「はい」と封筒を差し出した。区役所の封筒だった。中には丁寧に折り畳まれた薄紙が入っていた。離婚届だった。

「え……」

既に夫は自分のサインを済ませていた。添えられた小さなメモ用紙には「すみません」とひと言だけ書き残されていた。

「駿、パパは?」と取り乱して訊くと息子は怯えたように「お仕事に行った」と答え「ごめんなさい、ごめんなさい」と声を上げて泣き始めた。

「……」

私はスーパーのビニール袋を持ったまま玄関口でへたり込んでしまった。

「そんなに私が追いつめたというの……」

後悔する気持ちと、夫の無責任さを咎める気持ちと、これからどうなるのだろうという不安が入り交じり、一睡もせず朝が来るのを待った。

ふた晩目も夫は戻らなかった。

思い当たる友人知人、仕事関係者へ電話を入れてみたが誰ひとり夫の行方を知らなかった。

五日待って警察に捜索願いを出し、その後、何度も署に足を運んだが「この頃は失踪者が多くて、特にお宅の場合、事件性もなさそうだからね、ま、とにかく情報が入りましたらお知らせしますから」と担当の警察官はあまり真剣味のない返答を繰り返すだけだった。

急須にお茶の葉を入れ、お湯を注ごうとしたとき「うう……」と駿が寝返りを打った。

私は息子の傍へ行き顔を覗き込んだ。穏やかな表情を浮かべ眠る息子の額に手を当てると、熱は心なしか下がったように感じられた。

枕元に置いたバッグから息子に買ってあげた菓子箱が見えた。バッグを引き寄せ膝の上に置き、中を覗く。慌てて電車を降りたとき、無造作に突っ込んだものだから少し潰れてしまった。形を直そうとして箱を手にすると、バッグのサイドポケットに入れられた郵便局の封筒が目に入った。夫の兄から貰ったものだった。

——三日前、栃木に住む義兄《あに》が私たちのアパートを初めて訪ねて来た。

義兄は地元にある大手冷凍食品メーカーの工場勤めをしながら、義父《ちち》から受け継いだ農業も続けている。

「また、米送るから」と今までも定期的に旬の野菜と一緒に段ボール箱に詰めては宅配便で送ってくれた。夫がいなくなってからもそれは続いていた。

「悪いね、和香子さん、あのバカが蒸発なんかしたもんだから」

義兄はたいそう憤慨したように夫のことをなじった。気づけば夫の失踪から随分と月日が過ぎていた。

「お義兄《にい》さん」と私はテレビを観ている息子の後ろ姿に目を向けた。

「あ……」

義兄も息子の方へ視線を送り頷くと、今度は小声で話を続けた。

「駿を連れてうちに来てもらってもいいんだが……」

義兄夫婦には今どき珍しく高校三年生の長女を頭に五人もの子どもがいる。来春からは次々に受験を控えているし、義父も義母《はは》も健在だ。いくら田舎の家が広いとはいえ、私たち親子が世話になるのは無理がある。

「……田舎町なもんだから、あらぬ噂話とか立てられちゃ、駿が可哀想だし」

「お義兄さん、私たちは、大丈夫ですから。東京でなんとかやっていきます」

大丈夫なはずがないことくらい、義兄には分かっていただろう。それでも私の返事を聞くと幾分安堵した表情になった。

「なぁ和香子さん、アニキのオレが言うのもなんだが、もうあんなバカヤローは待たなくていいから、いい縁があったら、その、な……」と義兄は言葉の最後を濁すようにひと口お茶をすすった。

私は離婚届を出さず仕舞いだった。

「ええ、もしそういう時が来たら……」私は息子を見ながら答えた。

「仕事に行く」と出て行った父親の言葉をどこまで信じているのかは分からないが、息子は時々「パパはいつ帰って来るの？」と私に訊く。そう訊きながら息子は時折、私に隠れるように昔のアルバムをこっそり持ち出しては眺めている。

息子は六歳ながら、もしかするとすべての状況を理解しているのではないかと不安にさせられた。

義兄は上着のポケットに手を入れ「せめてもの……と言ってはなんだが」と言い、郵便局の封筒を取り出し「これを黙って受け取ってくれ」と私の前に差し出した。

封筒の中身がお金であることはすぐに分かった。

「……何ですか？」

「オレとオヤジから、少ないけど気持ちだけ」

「お義兄さん、だめですよ」

家賃の支払いも滞《とどこお》っている状態だ。本当は喉から手が出るほど欲しいお金だった。

「いいから、収めてくれ」

義兄は封筒をつかみ「駿に必要な物を買ってやればいい」と私の手に強引に握らせた。

……私の気持ちは見透かされているのだと思った。

「ありがとうございます」

深々と頭を下げた拍子に情けなさやふがいなさで涙が零《こぼ》れそうになったが、息子に見られたくない一心で必死に我慢した。

義兄は帰り際、息子の頭を撫で、「夏休みになったら遊びに来い」と言い、息子はにっこりと笑った。

鉄の外階段をカンカンと鳴らし、遠ざかって行く義兄の足音をドア越しに聞きながら、私は封筒をギュッと握りしめ、このお金は義兄たちからの手切れ金なのだと自分に言い聞かせた。

部屋に上がると、へなへなと力なく畳の上に座り込んだ。このお金で二ヶ月滞納している家賃なら払えるのではないかと安堵しながらも、この程度のお金さえ稼ぐことのできない自分が情けなくなった。

「私だって……」

息子との生活を守るために頑張ったつもりだ。

特別な資格を持っているわけでもなく、私が働いて収入を得るには、いつかの晩に夫が言ったスーパーのレジ打ちくらいしかなかった。

パートにしても息子が幼稚園に行っている間という制約がある。フルに時間内働けたとしても手にする給与はたかが知れていた。それでも働かないわけにはいかない。

私はひと駅離れた大手スーパーでパートの働き口をみつけた。ひと駅離れた場所を選んだのは、息子と同じ幼稚園に通う子どもの母親たちに見られるのが厭《いや》だったからだ。

子どもを幼稚園に送った後、コーヒーショップに立ち寄り、彼女たちとよく談笑した。

「ねぇ安藤さん、その洋服いいわね」

「あら、そのバッグ、新作じゃない」

どちらかといえば、彼女たちに羨ましがられていた私にしてみれば、現状はあまりに堪え難いものだ。

彼女たちの間では我が家の噂が広がり、悪口を囁かれているのではないかと疑心暗鬼になった。

更に夫がいなくなってから息子は頻繁に身体の不調を訴えるようになり、幼稚園からの連絡があると、そのたびに店長やパート仲間に言い訳をしては息子を幼稚園まで迎えに行った。

迎えに行くと息子は必ず「ママ、ごめんね」と謝った。私は責めるような顔をしているつもりはなかったが、それでも「ママ、ごめんね」と繰り返し謝った。

若い先生の視線でさえ私を蔑《さげす》んでいるように思え、逃げるように幼稚園を後にした。

店長も最初の内は、子どもの病気が原因ということもあり、「しかたないね」と大目にみてくれていたが、それも何度も重なるとさすがに「またかね」とうんざりとした顔をあからさまにするようになった。

パート仲間にも子どもを持つ主婦はたくさんいたが、全員が味方をしてくれるわけではない。私が早退をすれば皺寄せは他の人に回り、迷惑をかける。

「うちだって子どもがいるんだから」

「子どもをダシにズルしてんじゃない」

休憩室で私についての陰口も聞こえるようになる。

子どもの存在は何でも許されるというオールマイティーなカードにはならない。

挙げ句にはおもしろおかしく「安藤さんの旦那はロシアンパブの女と逃げたら

しい」という噂まで立てられた。

でも、もし私が反対の立場だったら、他人にやさしく声を掛けてあげられただろうか？　一緒になって陰口や噂話に加わってしまったかもしれない。

半年もするとついに店長から解雇を言い渡された。

その後も弁当屋や百円ショップでも働いてはみたが、結局は同じだった。

いっそのこと本当に水商売でもと考えたが、息子を夜、民間の施設に預けるにはお金がかかり、しかも息子の体調を気にかけて働くのは辛い。

ついには、これだけは手をつけまいと思っていた息子名義の預金も取り崩した。

しかし、それさえも幼稚園の月謝としてすぐに消えた。

操り人形のように私の気持ちをかろうじて引っ張っていた糸が、ひとつずつ切れていくようだった。


義兄に手渡された封筒の中から、握りしめてくしゃくしゃにしてしまったお札を取り出し、テーブルの上で一枚一枚丁寧にその皺を伸ばしていると、余計に惨めな気分になった。

まだまだいくらでも道はあるだろうと他人から諭されそうな状態であっても「もうどうでもいいや」という脱力感に襲われ、自分自身の存在すら煩《わずら》わしく思えてくる。

心の奥で最後の糸がプツリと切れる音が聞こえた。

「駿……こっちにおいで」

息子を呼び膝の上に乗せ、抱きしめた。息子の身体は柔らかくて温かくてそして小さかった。

「ママ、なんか疲れちゃった……」

心の疲れが私の全部を蝕《むしば》んでゆく……。

「じゃあ、ボクがお肩、トントンしてあげようか？」

息子は健気《けなげ》にも私を気遣った。

「ありがとうね」と息子を更に強く抱きしめた。

「ねぇ駿、どこか遠くへ行っちゃおうか？」

「え、遠くって、旅行のこと？」

息子はキョトンとした顔をして聞き返した。

旅行かぁ……。

最近はディズニーランドすら連れて行ってあげられなかった。きっと幼稚園の友だちから家族旅行の話を聞かされていただろうに、息子はひと言も口に出したことはなかった。

「そう、旅行……駿はどこ行きたい？」

「うーん」

息子は腕を組む仕草をし、首をかしげながら「海」と答えた。

「海？」

「パパと三人で行ったよね」

息子が三歳の夏だった。南伊豆を夫の運転する車で回った。下田の砂浜で息子は波にお尻を濡らし「お漏らしした」と大はしゃぎをした。夫はビデオカメラでそんな息子の姿を撮っていた。遊覧船にも乗った。観光客が投げ与えるパン屑の餌をねだって無数のカモメが寄って来た。息子はカモメの大群にびっくりして、下船するまで私にしがみついたままだった。

そんなしあわせだった頃の映像が心の中で再生されると胸が締めつけられた。

「海、行こう、そしてママは、駿の隣でずっと眠っていたい……」

海辺の温泉町らしく、夕食にはお刺身、煮魚、サザエの壺焼きやらが並べられた。今の私たちの生活からすると気後れするほど豪勢なものだ。

「急だったけど、馴染みの魚屋さんから分けてもらえたのよ」

女将さんは突然に舞い込んだ私たち親子のために、料理の材料をわざわざ仕入れに行ってくれた。しかも宿泊料には見合わないものを……。

「いただきます」

薬が効いたのか、熱の引いた息子は用意してもらったお粥とお刺身を美味しそうに食べた。

「駿ちゃん、元気になってよかったね」

女将さんが声を掛ける。息子は甘エビを口に入れながら大きく頷いた。考えてみれば昼から私たち親子は何も口にしていなかった。

「デザートにアイスクリームもあるんだよ」

聞けば、女将さんが近くのコンビニまで買いに行ってくれたらしい。

「すみません、親切にしていただいて」

「そんなこと気にしなくっていいの、ほら、うちは見ての通り、古臭い民宿でしょ。お客さんといえば馴染みの釣り客ばかりだし、ま、今どきの子ども連れのお客さんはゲームとかプールとかない宿には泊まりたがらないしね。だから、駿ちゃんみたいな小さな子がうちに泊まってくれるのはホント久しぶりだねぇ、もう忘れちゃったよ。ま、それに……娘が孫を連れて里帰りしてくれたと思えば、ね、駿ちゃん」

母と同じくらいの年齢だ。孫のひとりやふたりいてもおかしくはない。

「お孫さん、何人いらっしゃるんですか？」

「……孫、ああそうね、見てみたかったね。膝の上で抱いてみたかったね」

にこやかに話していた女将さんの顔が急に曇り、声の張りも失った。余計なことを訊いてしまった気がして私は箸を置いた。

「孫はいないの、いてもおかしくなかったんだけど」

「……」

「娘がひとりいてね……デキのいい娘だったから、無理して東京の大学へもやったの、いい会社にも就職したんだよ。で、そこで知り合った男と結婚したんだけど、なかなか子どもができなくてね。向こうの母親から、子どもはまだかって随分厭味言われてたみたいで……ところが亭主が浮気してそっちの相手に赤ん坊ができて……」

女将さんの背中が丸くなり小さくなっていくような気がした。

「こんな話は恥だから、あんまり人様に言っちゃなんだけど……娘も正気じゃなかったんだね、昔から真面目で思い込むような質《たち》だったけど、まさか旦那を刺しちまうなんてね、幸い大事には至らなかったけど、罪は罪だから……ばかだね、本当に……」

「……」

「いっそ別れちまえばよかったんだよ、また別の誰かと暮らせることもあっただろうし、そうしたら子どもだって授かったかもしれない……でもああなっちゃうとね、出てくる頃にはもう歳もいってるし、子どもは無理だろうね……こっちに戻って来ても近所の目もあるし……」

女将さんは深い溜め息をつき「お父さんは大酒飲みで早くに死んじゃったから、娘のことで気苦労はしなくて済んだけど、残された私の方が死んじゃいたいくらいだよね。ま、でも、世間に申し訳ないことをしでかしたバカな娘でもやっぱり心配だし、見捨てることもできない、それが親子の絆なのかね」と涙の滲んだ目尻と鼻の辺りを皺の刻まれた手で交互に覆った。

女将さんにかける慰めの言葉が見つからなかった。もし見つかったとしても、愚かな娘に成り下がろうとしている私にはそうする資格はない。

「ま、私が傍にいてやれたら、あんなことにもならなかったんじゃないかって……悔しいね」と女将さんは大きく洟《はな》をすすった。

息子が心配して顔を覗き込むと「あれあれ、ごめんなさいね、折角の食事が不味《まず》くなっちゃうよね……あ、駿ちゃん、お粥お代わりする？」と笑顔を作った。

赤の他人だから話せることもある。きっと女将さんはずっと誰かに聞いてほしかったに違いない。

息子にお粥のお代わりを差し出しながら女将さんは「民宿なんかいつ閉めちゃってもいいんだけど、お客さんが来てくれると人恋しさが紛れるからね。だから何にも遠慮はいらないよ」ともう一度皺くちゃな顔を向けて笑った。

その時だ。

「あ、何か光った」と息子が窓の外を指差した。

その方向を見ると黄緑色の発光体がすっと暗闇をよぎった。

「ああ、ありゃあホタルだね」と女将さんが言った。

「ホタルって？」

息子が尋ねる。

「お尻が光る昆虫のこと」

私がそう答えると息子はすぐに窓際へ駆け寄った。

「町を挙げてホタルの里作りをしてるからね。裏山にホタル沢っていうのがあって、この季節になると町が観賞会を開くんだよ。いっぱい飛んでてきれいだよ。最近はあちこちの宿が真似してね、隣のホテルも庭の池の辺りでホタルを飼育し始めたんだよ」

重くなりかけた雰囲気を思わぬ訪問者に救われた。

「あ、ママ、あそこ、いっぱいいる」

窓から乗り出した息子が私を呼ぶ。息子の後ろから覗くと、生暖かく湿った闇の中、おそらく昼間見た大きな池の辺りだろう、黄緑色の線が無数に交差していた。

目の前では一匹のホタルが光を放っていた。

「はぐれちゃったのかね？　迷子のホタルかい、可哀想に……」

女将さんが呟く言葉は娘さんと私たち親子に向けられているような気がした。

「そういえば、ホタルっていうのは二週間くらいしか生きていられないんだってね」

「……そうなんですか？」

「人間様の寿命も二週間しかなかったら、悲しいこともあっという間に終わっちゃうんだろうけどね」

「ホントにそうですね……」

「でもしょうがないよね、人間様に生まれちゃったんだから。ま、ホタルに負けないように辛くても寿命がくるまで一生懸命生きなくっちゃね、辛いことばかりでもないし……」

……一生懸命生きる。私はそれに躓《つまず》いてしまったのだろうか？

「駿ちゃん、ご飯が途中だよ、さあ食べよう」

そう言って女将さんが私たちを食事の席に戻した。

食事を粗方《あらかた》終えると、女将さんが約束通り息子にアイスクリームを運んで来てくれた。

「じゃあ、あんたはお風呂に入っておいで、駿ちゃんは、私が見ていてあげるから」

「でも……」

「いいから、ね、入っておいで。狭いけどちゃんと温泉だよ、その間に駿ちゃんと遊ばせてちょうだいよ。親孝行してると思えばいいじゃないの、さ、入っておいで」

バスタオルを持ち、階段を降りて一階の風呂場へ向かった。服を脱いで壁に取り付けられた四角い鏡を見ると酷くやつれた女の顔が映っていた。

「……」

私は小さく首を振った。

風呂場は一面、小さな水色のタイルが敷き詰めてあった。湯船は女将さんが言っていたように決して広くはなかったが、今の私には充分だった。

薄暗い電灯の下で湯に浸かると不思議と落ち着いた。

「親孝行か……」

女将さんの言葉にふと四国の両親を思い浮かべた。

駿が生まれたとき、両親はすぐに上京しすごく喜んでくれた。大阪に嫁いだ姉にも子どもはいたが、女の子ふたりなので男の子の孫の誕生は嬉しかったのだろう。

初節句だなんだといってはよく東京へ足を運んでくれた。私も年に一度は必ず家族で里帰りをしていた。だから、行き場をなくした私がまず頼るべきなのは実家の両親なのだろう。でも……私は両親に何も話していなかった。

数年前、祖母に認知症の症状が顕われた。

祖母は身体が丈夫だったのか、すぐに寝たきりになることはなかったが、身体が動く分、夕方を過ぎる頃になると「どうもお邪魔さまでした」と家を出て行こうとした。真夜中に徘徊をして大騒ぎになったこともあり、両親が代わる代わるに祖母の隣で寝た。祖母の手首に紐の端を結びつけ、もう一方の端を自分たちの手首に結び、両親は布団に入った。

ついには、夜中に度々起こされ睡眠不足になった母が体調を崩し、上京して孫の顔を見るということもなかなかできなくなった。

「可哀想だけど、施設に預けたら」と姉と私が父に提案したことがある。

「バカ言え。早くにオヤジが亡くなってから女手ひとつで子どもたちを育ててくれたんだ」

とはしなかった。

父は長男である責任感もあったのだろう、決して私たちの意見を受け入れよう
祖母の症状が悪化すると、父は長年勤めた信金の退職金を使って祖母が車椅子でも生活できるようにと家を改築した。「随分かかってしまった」と予期せぬ出費に母が愚痴をこぼしていたのを覚えている。

祖母の看病だけでも大変なのに、私たちが転がり込めば更に両親の負担は増える。それでも今の暮らしを正直に話せば、きっと戻って来いというはずだ。それが分かっているだけに、とても切り出すことなどできなかった。

――いつこっちに帰って来られるの？

母からは頻繁に電話がかかってきた。

――ごめんね、今、色々と忙しくって。

女将さんのように孫がいないというのならまだしも、孫がいるのに顔が見られない母にしてみれば、駿にどれだけ会いたいものなのだろう。

――また、駿の写真送るね、幼稚園の演奏会で上手にタンバリン叩いたんだよ。

そんな他愛無い嘘を言えば言うほど、後ですべてを知ったとき、どんなにか両親が落胆するであろうことは分かっていた。心配をかけまいとしているのに、私

はもっと両親を嘆き悲しませるような愚かな娘になろうとしていた……。

「お父さん、お母さんに会いたいなぁ……」

私は涙が溢れそうになり、お湯に顔を浸けた。


女将さんが用意してくれた浴衣を羽織り、部屋へ戻ると、駿は女将さんの膝の上で甘えていた。

「すみません」

「少しはさっぱりしたかい？」

「ええ……」

「私は駿ちゃんにいっぱい楽しませてもらったよ、ねぇ駿ちゃん」

「うん、ママ、楽しかったよ」

息子はすっかり女将さんの孫になっていた。

「でも、こんなに仲良くなっちゃうと別れるのが辛くなっちゃうね」

女将さんは自分の頬を息子の頬に押しつけた。

「こんなに可愛い子が傍にいるんだ、まだまだ頑張れる」

「え？」

　そう聞き返す私に答えず、「さて、そろそろ駿ちゃんはおやすみの時間だね、私も片づけをして休みましょう」と女将さんは名残惜《なごり》しそうに駿を膝から下ろすと、アイスクリームの載っていた小皿とスプーンを手にして「じゃあまた明日ね、おやすみ」と部屋を出て行った。

　また明日……。明日がしあわせなものなら私たち親子は女将さんに出会うこともなかった。皮肉な思いがした。

「ママ、寝よう」

　息子が私の浴衣の袖を引いた。

「うん」と私は答え、部屋の灯りを落とした。

　布団に横たわり窓の外に目をやると、迷子のホタルがまだ光を放ちながら飛んでいた。

「ママ……」

　薄明かりの布団の上で息子は私の方へ寝返りを打つとそう呼んだ。

「うん何？　オシッコ？」

「ううん」

「どうしたの？」

暗がりの中なのに、心細そうな息子の表情が分かった。

「パパはさ、ボクが嫌いだから帰って来ないのかなぁ？」

一瞬、返事に詰まった。息子なりにずっと気に病んでいたのだろう。

「パパが駿のこと嫌いなわけないじゃない」

「ママは……ボクのこと……好き？」

息子は少しベソをかいているように途切れ途切れにそう尋ねた。

「……うん」

「じゃあ……ずっと……一緒に……いてくれる？」

「当たり前じゃない」と答えながら激しくうろたえた。

息子は布団の上に身体を起こすと、私の胸の中に潜り込み、しがみついた。息子の鼓動が伝わってきた。紛れもなく、息子が生きている証の鼓動だった。

「ボクさ……今度……生まれてくるときは元気な子に生まれてくるから……そうしたらまた……ママがボクを産んでくれる？」

私の奥底に溜まっていた様々な感情が堰を乗り越え凄い勢いで溢れ出して来た。

「あああああ」

私は大声を出して泣きじゃくっていた。

息子は私の心の中をすべて察していた。今日の発熱は私に愚かさを気づかせるためのものに違いなかった。

「あああ、駿、ごめん、あああ」

私の上げる泣き声を聞きつけた女将さんが「どうしたの?」と慌てて部屋へ飛び込んできた。

息子は「ママが、ママが」と私にしがみつきながら叫んだ。

女将さんは私と息子を両手に抱きかかえた。

「あああ、女将さん、あああ」

私は女将さんの膝に顔を擦りつけながら泣いた。

私の背中を手のひらで摩《さす》りながら「泣けばいい、いっぱいいっぱい泣けばいい」と女将さんが呟いた。

「あああああ」

「ママ、ママ、ママ」駿が叫んでいる。

それに答えるように女将さんのしっかりと力強い声が聞こえた。

「駿ちゃん、大丈夫、ママはもう大丈夫」

私の身体から濁った水が流れ出し、そのぽっかりと空いた場所に温かい塊が生まれてくるのが分かった。

ママ、みーつけた

「大塚《おおつか》さん、速達です」

インターフォンの画面に顔馴染みの郵便配達員の姿が映った。

我が家は西荻窪《にしおぎくぼ》駅に程近い場所で洋食屋を営んでいる。商住一体型の造りで、一階が店舗で二階が住居。いつもなら郵便物は店に届けてくれるのだが、今日は定休日だ。

「はーい。今、降りて行きまーす」

私はサンダルをつっかけて、二階にある玄関から路地に降りた。黄色く色づいた銀杏《いちょう》の葉が風に運ばれて足下を転がっていく。

「ご苦労様」

門扉越しに受け取った封書は私宛のものだった。黒いボールペンで殴り書きされたような文字で住所と私の名前が書かれてある。裏返しにしてみたが差出人の名前はない。

首を捻りながら、階段を戻って玄関に入り、もう一度裏返して消印を確認すると、日付は昨日の午後で、五反田《ごたんだ》とスタンプされている。そんな所に知り合いなど思い当たらない。なんだか薄気味悪いと思いつつ、気になってその場で封を切った。

と、傾けた封筒から何か足下に落ちた。

「あらっ」

玄関のタイルに跳ねて甲高い金属音がした。拾い上げると、それはなんの変哲もない鍵だった。

それを靴箱の上に置いて、封筒から中身を取り出す。便箋というよりメモだ。

公子《きみこ》おばちゃん、渉《わたる》をお願いします。明日香《あすか》

重ねられた上の紙には、乱れた文字でそう書かれていた。

明日香は長兄の娘、つまり私にとっては姪にあたる。かれこれ十年以上会っていない。あの子、いくつになったんだろう。二十五か、いや六だったか。

それにしても渉って誰？　いや、たぶん明日香の子どもだ。でも、いつできたの？　渉をお願いしますというのはどういうこと？　まさか明日香……。

急ぎ二枚目の紙を見る。と、地図らしきものが描かれていた。

「ん、大崎広小路《おおさきひろこうじ》駅？　って何線？」

線で四角く囲まれた駅から左に延びる道が引かれ、所々に目印が描かれている。実際の距離など推し測れないような地図だが、その先に番地と〝スワンコーポ203〟と書き込んである。ここに住んでるってことだろうか。東京に出てきたなんて聞いていないけど。

居間に戻ると、夫はソファに横になって寛《くつろ》いでいた。

「速達って誰からだ？」

「うーん、それが明日香から」

「え、明日香ちゃんって、あの……？」

夫も明日香には数えるほどしか会ったことがない。

「なんか、ちょっとね……」

手紙のことを話すと「おい、それって、もしかしたら」と夫は起き上がった。

顔を曇らせる夫の表情を見て、嫌な予感が重い胸騒ぎに変わった。

「子どもを置き去りにしてるってことか」

悲惨な結末を迎えた幼児虐待や育児放棄といったニュースが目立つこの頃、そういう想像をしてしまっても仕方ない。努めてこのこととは結びつけまいとしていたのに、夫の言葉に暗闇の中に取り残された子どもの姿が浮かんだ。イメージを振り払うように頭を振ったが、妙に気が急《せ》く。

「いくらなんでもあの子が、そんなあ」

少し落ち着いてと、自分に言い聞かせる。

「と、とりあえず、利雄《としお》兄さんに連絡してみようかな」

「いや、まあ、そうなんだろうけど……」夫の返答は歯切れが悪い。

伊勢崎《いせさき》で暮らす長兄は一家の鼻つまみ者。私も、次兄の幸雄《ゆきお》兄さんも、できるだけ関わり合いたくない人物なのだ。そのことは夫も重々分かっている。

私たちの両親は、昔では珍しく晩婚だったので子どもができたのも遅かった。年がいってからの子どもはとりわけ可愛いというが、母は次兄よりも私よりも特に長兄に甘かった。

「オレ、ちょっと腹が痛え」

「そりゃあ大変だ。じゃあ、休むかい？　学校に連絡しとくから」

私が小学生だった頃、中学生の長兄が少しでも身体の不調を口にすると、母が大袈裟《おおげさ》に反応したのを覚えている。ところが、私が下校すると長兄は寝転がって漫画本を読んでいたりした。それでも母が長兄を叱ることはなかった。

工業高校をなんとか卒業した長兄は、父が勤める地元の自動車工場へ入社したものの、二年と保《も》たずに退社。作業がつまらないという理由だった。怠惰でいい加減な長兄らしい言い草だ。その後は職を転々。父に咎められ、なんとか職に就くものの、あるときはクビになり、あるときは突然、出勤拒否。半年と同じ職場にいたことがない。なのにパチンコ屋通いだけは続いた。

「まさか、お母さんがお金渡してるんじゃないよね」

高校生になっていた私が母に尋ねた。

母はバツが悪そうに下を向くと「だって、そうでもしなきゃ、他から借りるって言うし。そんなことはみっともないじゃないか」と答えた。

「みっともないって……」

もう近所では嘲笑《わら》われている。母にしても、本家筋から随分と意見されているだろうに……。

私が高校を出て就職のために上京した年、そのときは町の鉄工所で働いていた長兄が嫁をもらった。

「所帯を持ったんだから、利雄のやつもこれでちったあ落ち着くだろうよ」

親戚の大人たちが口々にそう言っていたことを思い出す。

だが、周囲の期待をよそに、長兄に立ち直りの兆《きざ》しなどなかった。おまけに一緒になった美也子《みやこ》さんも似たようなタイプだった。後で聞いてがっかりしたのだが、ふたりは行きつけのパチンコ屋で知り合ったのだ。そもそも長兄のような男に嫁ごうという相手だ、余程の変わり者か同種の匂いのする者以外考えられない。パチンコに罪があるとは言わないが、私には悪いイメージしかない。

いつだったか、私が帰省したとき「明日香はあたしに預けっ放し。それにうちのことは何もしないで、ふたりしてパチンコに行ってる。パチンコに行くときだけは仲がいいんだけど、あとは年中けんかしてるんだから」と、長兄に甘かった母がさすがに愚痴をこぼしたことがある。

父が肝臓を患い、入退院を繰り返した後亡くなると、長兄の箍《たが》は完全に外れた。

「大体、オレは他人に使われるのは嫌なんだ」

長兄夫婦はフランチャイズの弁当屋を始めた。ただし店頭に立って働くでもなく、バイトに任せっきり。前日の売り上げを握っては女房と連れ立ってパチンコ通いなのだから、結果は見えていた。それでもすぐに店を閉めていれば火傷《やけど》も少なかったはずだが、見栄を張り続け、よろしくない筋からも金を借り、多額の借金をこしらえてやっと店を畳んだ。

既に長兄名義になっていたとはいえ、膨らむ借金の穴埋めに私たちが生まれ育った実家の家屋敷を勝手に売り払ってしまったのだから許せない。

その後だ、母が体調を崩してあっけなく逝ってしまったのは……。それからというもの、長兄は他人より遠い存在になってしまった。

「しょうがない、やっぱりかけてみるわ」

そう呟きながら、引き出しの奥に仕舞ってある手帳を取り出し、長兄の家の番号を確かめながら手にした電話のボタンを押した。

――もしもし、公子だけど。

――なんの用だっ。

久しぶりの妹からの電話だというのに、いきなり喧嘩腰だ。瞬時に後悔する。が、ぐっと我慢した。

――ちゃんと聞いてくれないかな。

――なんだっ。

――明日香って、今、どこにいるの？

――明日香だと。もう、とっくの昔に親子の縁は切れてらあ。どこでのたれ死のうと知ったこっちゃねえよ。

──そんな無責任な。

──なんだ、てめえ。朝っぱらから電話かけてきて、オレに説教するつもりか。

──説教してなんとかなるなら、いっくらだってするけど、聞く耳持ったためしなんかないじゃないよ。それに朝っていっても、もう十一時じゃない。ちゃんと働いてるの？

──なんだと、コノヤロー。それが兄貴に向かって言うことか。

──お金を無心するときだけ電話してくるのは誰よっ。

私は負けずに言い返す。事実、そういうことは二度三度とあった。勿論、その都度断った。

──もう、いいっ。

私は腹立たしくなって、途中で電話を切った。

「なんだって？」

夫の問いかけに私は顔を歪めながら首を振った。それで夫には充分に伝わる。

でも、このままでは何も分からず仕舞いだ。

「幸雄兄さんなら、何か知らないかな」

「ああ」夫は何度か頷いた。

次兄は実家のあった近くで修理工場を兼ねた中古車販売業を営んでいる。次兄のケータイに電話した。

――あ、幸雄兄さん、公子だけど。

――おう、久しぶりだな。そっちはみんな元気か？

――お陰さまで。兄さんちは？

――みんな元気だ。ただ仕事の方は不景気でまいっちまうよ。ま、厳しいが、なんとか頑張ってる感じだな。

相手の様子を気遣い、近況を尋ねる。これが兄妹の会話のはじまりというものだろう。

――で、どうした？

――あ、それがね、実は明日香のことでちょっと……。利雄兄さんに電話したら、もう話にならなくて。

――ああ。

短く漏らす溜息で、次兄の長兄に対する気持ちが分かる。

――何か、あの子のことで知ってることないかなって思って。ううん、別に大したことじゃないんだけど、私の留守中に連絡があったらしくって。私はケータイ番号も何も知らないもんだから……。

私は本当のことを言わなかった。不確かなことで心配をかけたくなかったからだ。

――ふーん、そうかあ。オレも何年も会ってないなあ。最後に見かけたのは、あいつが離婚した直後だったかな。偶然、ショッピングセンターで会ったんだ。お前、これからどうするんだって意見してやったんだが、なんか様子がすっかり変わっちまっててな。兄貴の子にしちゃまともな子だと思ってたんだが。

明日香は十九で、地元の若い鳶《とび》職人と所帯を持ったと聞いた。式を挙げず、入籍だけ済ませて暮らし始めたらしい。ところが、すぐに離婚。そこまでの経緯は私も知っている。

――あ、そうだ、東京にいるとかなんとか兄貴が言ってたっけなあ。

――利雄兄さんと会うこともあるの？

――なーに、こっちから出向くことはない。兄貴がぶらっと事務所に来ちゃ、勝手にコーヒー飲んで、他愛ないことをブツブツ言って帰る。ま、ホントは金貸してくれって言いにきてるんだろうけど、貸せる金はねえよって先制攻撃さ。大体、貸したって返ってこねえものな。

——そうだね。

——あ、そういえば……。もう四、五年前だったかな。明日香のやつ、突然、赤ん坊抱えて兄貴んとこにきたらしい。預かってほしいって言われたんだけど、ふざけんなって追い返したって、兄貴が言ってた。いくらなんでも、可哀想《かわいそう》にな。

その赤ん坊が渉なのだろう。それにしても利雄兄さんを頼るなんて、明日香は切羽詰まった状況だったに違いない。

——じゃあ、こっちで再婚したのかしら？

——子どもができたっていうんだから、まあ、フツーならそういうことじゃないのか。だけど、どこに住んでるかも分からなくちゃ、確かめることもできないしな。

——うん、分かった。ありがとう。またその内、明日香から連絡も入るだろうし、そうしたら、幸雄兄さんにも知らせる。あ、智子義姉《ともこねえ》さんによろしく言っといて。

電話を切ると「どうだった？」と夫が再び尋ねてきた。

「こっちにいるらしいし、やっぱり子どもがいるようだけど、それ以上のことは

「……」

「そりゃあ、困ったな」

「ねえ、ちょっと五反田まで行ってきてもいい？　やっぱり、なんか、その……」

と、言いかけて言葉を止めた。万が一のことでもあったら夢見が悪い。

「じゃあ、オレも一緒に行くか」

「大丈夫。とりあえず私が行ってみる。真澄《ますみ》と彩《あや》が帰ってきて、誰もいないと心配するし」

厨房で立ち仕事を続けてきた夫は腰痛を患っている。定休日くらいは身体をゆっくり休ませてあげたい。心細いが仕方ない。

私は身支度をすると家に夫を残し、西荻窪駅から電車に乗った。

面倒なことに巻き込まれたくはないと思う反面、何年も忘れていた後ろめたさが、不意にぶり返した。

母の葬儀を終えて斎場から実家に戻ったときのこと。

庭先を見ると、セーラー服姿の明日香が家に上がろうとせず、実をつけた柿の木の下でぽつんと立っていた。

「明日香、どうした？」

明日香の目は、これが中学生なのかと思うほど生気のない色をしていた。それは祖母を亡くした悲しみのせいだけではなかった。

「おばあちゃんが死んじゃって、あたし、どうなるのかな」

「どうなるって、どういうこと？」

「お父さんもお母さんも、ああだし」明日香は項垂《うなだ》れた。

祖父が亡くなった後、明日香にとって祖母が唯一の心の拠り所になっていたのだ。

「来年は受験もあるし。あたし、高校に行けないのかな。だったら中学出て働く。あたし、この家から早く出たい……。公子おばちゃん、どうすればいい？」

縋《すが》るような目だった。引き取ってあげられるものならそうしてやりたい。一瞬だがそんなことが頭の隅を掠《かす》めた。その気持ちに嘘はなかった。が、どうしても現実的ではなかった。

「大丈夫だから。もし何か困ったことがあったら、おばちゃんに連絡しておいで。幸雄おじちゃんだって近くにいるんだから話を聞いてくれるしね」

バッグの中にあった紙の切れ端に私の住所と電話番号を書いて渡し、ついでに「これはお小遣いにしなさい」と五千円札を握らせた。

「あ、そうだ、今度の春休みに原宿でも行ってみる？　服とか、おばちゃんが買ってあげる」

そう言って肩を抱くと、明日香は「うん」と頷き、力なく笑ってみせた。

半年後の春、明日香は私が通っていた商業高校に合格したと次兄から聞かされた。何かと次兄夫婦が気にかけてくれたようだ。

春休みに入った頃、明日香から電話が入った。

――公子おばちゃん、明日、東京に行ってもいい？　あたし、原宿に……。

――あ、ああ……。明日香、ごめん、真澄が麻疹《はしか》にかかっちゃって。

嘘ではなかった。ちょっとした間の悪さだった。

――うん、分かった……。

――五月の連休とかは？　それとも夏休みに。こられそうなときに、また連絡をちょうだい。

しばらくの間、寝床に入ったりすると明日香の顔が浮かんだものだ。が、姪から連絡はなかった。薄情かもしれないが月日が経つにつれ、日々の忙しさも手伝って、徐々に姪のことを忘れてしまった。

その後、長兄の代わりに次兄が仕切った父母の法事には明日香の姿はなかった。部活が忙しいとか、そんな理由だった気がする。

車窓を流れる景色を見ながら、喉の奥に魚の小骨が刺さったような痛みを思い出した。

新宿で中央線から山手線に乗り換え、五反田へ向かう。

線路沿いのビルには、気の早いクリスマスの飾り付けが見えた。東京は華やかな分、闇もまた深い。失望や挫折をきっかけに、闇の底に落ちてゆく者も少なくはない。でも本当に大切なのは、どこで暮らすかではなく、誰に巡り合うかなのだ。

私は商業高校を出て、新橋にある計測機器メーカーに経理事務職として就職した。担任の大学時代の先輩が、その会社の人事を担当していて、経理のできる若い子を探しているということで、私が推薦されたのだ。

地元の企業に勤め、地元の誰かと結婚して子どもを授かり、一生田舎で暮らすのだろうと思っていた。勿論、年頃の娘なりに、東京に憧れる気持ちはあった。だから、その就職話を持ちかけられたとき、ふたつ返事で受けた。

トだ。

三軒茶屋《さんげんぢゃや》に会社の寮があった。寮とはいっても会社が一括で借り上げたアパー
東京での生活も五年程が過ぎた頃、私は同僚の紹介で証券会社に勤める男と知り合い、つきあい始めた。時代はバブルの真っ最中で、みんな浮かれていた。その男も金回りがよく、毎夜、接待と称して六本木界隈に繰り出してははしゃいでいた。が、実は他に何人ものオンナがいるのだと人伝《ひとづて》に聞かされた。

「どういうことなの？　ちゃんと説明して」

「はあ、説明？　お前、ばかか。なんでお前みたいに垢抜けないオンナが一番目にくる訳？　たまに会ってもらえるだけでも有り難いと思えよ。まったく、使えねーな」

それからは、ショックと悔しさで仕事に身が入らず、簡単な計算ミスを繰り返してしまった。上司から叱責されては酷く落ち込んだ。

そんなことが続いたある夜、寮近くの洋食屋にふらりと立ち寄った。オムライスと煮込みハンバーグの名店だ。それ以前に何度か入ったことがあった。カウンター席で、オムライスをひとりで口に運んでいると急に涙があふれてきた。

「これ」

その声に顔を上げると、カウンター越しに白い服を着た若い男が紙ナプキンを差し出していた。夫、大塚修一《おおつかしゅういち》との出会いのときだった。

泣き顔を見られた恥ずかしさに「オムライスが美味《お い》しくて、つい田舎の母のことを思い出しちゃって」と、嘘をついた。

「じゃあ、ゆっくり味わって食べてください」

彼は静かに笑うと厨房の奥に戻った。ひと目惚れということではなかったが、その笑顔は心に沁みた。重かった涙が急にさらさらと軽くなる気がした。

それからは週に二、三度、店に足を運ぶようになった。彼と長い会話を交わす訳ではない、ほんのひと言ふた言、言葉が行き交うだけ。それでもほっとできるやさしい時間だ。

半年が過ぎた頃、私から「お店が終わったらお茶でもしませんか」と誘った。彼はとても照れ臭そうにこくりと頷いた。

岩手から上京し、修業中の身なのだと教えてくれた。いずれは自分の店を持つことが夢で頑張っているのだと、訛《なま》りの抜け切らない口調で話した。

その後、国道246号線沿いのコーヒーショップは、私たちの親密度を上げる大事な場所になった。やがて、私たちはつきあうようになり、結婚へと歩んでいった。

「あの店で十年働いた。そろそろ独立して店を持ちたいなあ」

修業にどれくらいの年月が必要なのか分からないが、夫がそう決めたのなら、そういう機会なのだろう。いつしか夫の夢は私の夢にもなっていた。反対など無用だ。

難関はやはり開店資金だった。双方の実家からの支援は期待できず、お互いコツコツと貯めたお金を元に、資金の大半は信用金庫から借りることにした。

私は会社を辞めて、飲食店でバイトを始め、接客を学んだ。身近に頼れる者もいなかったので、何事も自分たちで乗り切らねばならなかった。苦心の開店準備だった。

そして三年後、縁あって荻窪の地に念願の店をオープンしたのだった。

「オレみたいな地方出身者が、ほっとできる店にしたいんだよ。それに、せめて腹がいっぱいになれば、都会で暮らす淋しさや辛さも和らげることができるからな」

若い勤め人や学生が立ち寄れるようにと、閉店は午後十一時。それでも夫は毎日、暗い内に起き出して仕込みのために厨房に入った。

頑張り屋の夫の努力が実り、次第に客は増えていった。何より嬉しかったのは、夫が望んだように〝ここにいると自分ちにいるみたいだから〟と言ってくれる人たちが集う店になったことだ。所帯を持っても、家族を連れてやってきてくれる常連客も多数いる。

一男一女にも恵まれ、穏やかな生活だ。気がかりといえば夫の腰痛。一昨年までは正月以外に休まなかった店に、定休日を設けた。

まだまだお店のことでは苦労するかもしれないが、心底、夫と出会えてよかったと思える。明日香にもそういう出会いがあってくれれば……。

そう願うそばから、頭に浮かんでくるのは、東京の闇に沈んでゆく若い女の姿ばかりだった。

五反田駅で池上線に乗り換え、ひとつ目の大崎広小路駅で下車。改札を出て、雑に描かれた地図を頼りに進む。

コンビニの角を右折して十分くらい歩いただろうか。

スワンコーポ、ああ、ここだ。白いモルタル壁の三階建て。少し離れた場所に立って建物を見回す。新しくもなければ、然程古さも感じない造りだ。挙動不審な中年おばさんに見られてしまうだろうか。通行人が現れると、わざとらしく手にした地図に目を落とした。

気が急いてやってきたというのに、実際にこの場に立つとなかなか足を踏み入れることができない。

「もう、しようがない」

あえて声に出して自分の背中を押す。

ガラス扉を押し開けて中に入る。二〇三号室のポストを確認すると〝小川〟という名前が書かれた紙が貼ってあった。小川は私の旧姓と同じ。どうやら、明日香がここに住んでいることに間違いなさそうだ。

エレベータはなく、奥に階段が見えた。所々、細かなヒビの入ったコンクリートの階段を上った。

その部屋は外廊下の突き当たりにあった。海老茶色に塗られたドアに耳を近づけて、物音がしていないか中の様子を窺った。何も聞こえてこない。

恐る恐る指先を伸ばしてチャイムを押す。室内でチャイムの鳴る音がする。しかし反応はない。

今度はドアを軽くノックして「明日香、公子おばちゃんだけど、いないの？」と呼びかけた。それでも何も反応はなかった。

誰もいないの？　はあ、やっぱり中に入ってみるしかなさそうね。

私は送られてきた鍵を鍵穴に差し込んで捻った。カチャと音を立てて錠が外れる。開いた……。ノブをゆっくり回してドアを引いた。

生暖かく淀んだ空気と一緒に悪臭が鼻に届く。得体の知れないモノが漂ってくるようで、思わず手のひらで口と鼻を押さえた。出端を挫かれて気分が後退《あとずさ》りした。

足下に視線を落とすと、折れ曲がった黒いブーツとアンパンマンがプリントされた子どもの靴が散らかっていた。

「明日香、いないの？　おばちゃん、上がるわよ」

玄関からすぐに台所。黒ずんだステンレスの流し台に空き缶やペットボトルが放置され、シンクには使ったまま洗われた様子のない皿やコップに交じってカップ麵の器。

「え、もう、何これ」

そう呟きながら靴を脱いだ。

内扉の奥には六畳、いやもっと広い洋室。きっと部屋の向きがよくないのだろう、カーテンが開いているのに日差しが入り込まず薄暗い。ざっと見回す室内に人の気配がない。

壁際にパイプ式のベッド。丸まった毛布や掛け布団の様は、寝床というより何か獣の巣といったところだ。中央に置かれた小さいガラステーブルの上に、小さな四角い鏡、マニキュアの瓶、スプレー缶。化粧道具が山積みだ。床の上には脱ぎ散らかした洋服に交じって、無数の菓子袋や丸まったティッシュが散乱していた。靴を脱いで上がったことを後悔するほどの有り様だ。

カーテンレールにはハンガーに吊るされた赤やピンクの服が乱雑に掛けてある。どうやらまともなOLをしている様子はない。

と、風が通らないはずの室内でカーテンが揺れた。

「わっ」

瞬間、飛び退《の》いた。

陰に隠れ、布地の端っこを握った男の子の目があった。怯えたように、その小さな瞳は私を見上げた。見知らぬ人が突然部屋の中に現れたのだ。驚いても仕方ないだろう。

私は腰を屈めて、男の子の目線の高さに合わせた。

「渉……ちゃん？」

そう訊くと、こくりと頷いた。

よかった。最悪の事態には至っていなかったと安堵する。

「おばちゃん、だーれ？」

「ああ、おばちゃんは、明日香の、ううん、渉ちゃんのママのお父さんの妹で」

当たり前の説明がうまくできずに困る。

「親戚のおばちゃんだよ」

怖がらせないように笑ってみせた。すると、その表情はどこかほっとしたものに変わった。幼いながらも私が敵ではないことが分かったのだろう。ぎこちないが、むしろ人の気配を歓迎しているような笑顔だ。

「ママ、お仕事に行ったのかな？」

「ううん、お仕事は夜に行く」

やっぱり……。よくてキャバクラ、下手をすると風俗店で働いているのでは……。

「じゃあ、どこに行ったのかな？」

「どこにも行ってないよ」

「えっ？　だって、どこにもいないじゃない」

「隠れてるんだもん」

「ん？」

「あのね、かくれんぼしてるんだよ」

「かくれんぼ？　ここで？」

「うん」

　私は改めて部屋中を見回した。まさか、そのクローゼットの中にいるとか。え、死んでるんじゃ。私は恐る恐るクローゼットの扉に手をかけた。覚悟を決めて、はあーと深く息を吐き出すと一気に開いた。ゆっくり目を開けた。が、洋服のはみ出した紙袋が無造作に押し込められていただけだ。

「そこにはいないよ。ボク、捜したもん」渉が面白そうに笑った。

「ねえ、かくれんぼは、よくするの？」

「うん。ママが隠れる間、ボクね、外に出て十数えるんだ」

　渉はエアコンの室外機が置かれた狭いベランダを指差した。

「こうやって目隠ししてちゃんと数えられるんだよ」渉は手のひらで両目を覆っ

た。

「ボクはいい子だから、絶対ズルしないんだ。ママが隠れるとこ見ないよ。ホントだよ」

この子は母親が自分を置いて出て行くことを知っているのだ。そう確信した。

〝もういかい〟と何度尋ねても〝もういいよ〟とは返ってこない。ズルをしないのは、ドアから母親が出る姿を見たくないのだ。こんな罪作りなことをして、何がかくれんぼよ、明日香ったら……。

「でもさあ、ママはいつも隠れるのが上手だからみつからないんだよねえ」

本当にかくれんぼを楽しんでいるように話す渉の姿に胸が締めつけられる。

「渉ちゃん、ちょっと」

渉を引き寄せると、服を捲って全身を調べた。虐待でもされていないかと心配になったからだ。が、幸い、目に見えるアザや傷はどこにもなく、ほっと胸を撫で下ろす。

と、渉のおなかがグーッと鳴った。

「あら、おなかすいてるんじゃない？」

「ううん」渉は左右に大きく首を振った。

「でも、今おなかが鳴ったもの」

「メロンパン食べたから、おなかすいてない」

「いつ食べたの？」

「うーんと……。ママが隠れる前」

それって一体いつのこと？　郵便の消印から考えれば、昨日出たはずだ。この子に時間の感覚があるのか分からないけど、おなかは確実に減る。もしこれが夏の日のことで、飲まず食わずの状態だったとしたら……。そう思うと背筋が寒くなる。

「そのあとは、何も食べてないの？」

渉は下を向いて黙ってしまった。

とにかく、この子の空腹を満たしてやるのが先決だ。

「渉ちゃん、何か食べるもの買いに行こう」

すると、渉はズボンのポケットに手を突っ込んだ。

「お金はあるよ、ほら」と、皺くちゃになった一万円札を取り出して見せた。

「ママって、いつもこんなにお金くれるの？」

「ううん、初めてもらった」

後ろめたい気持ちを軽くしたいがための免罪符のつもりなのだろう。が、そういう問題ではない。昔、不憫だと同情した姪に、今は怒りとやるせない気持ちが入り混じって呆れてしまう。

「すぐそこにコンビニがあるよね。一緒に行こう」

渉はまた大きく頭を振った。

「ママが、おなかすいたら何か買いなさいってお金くれたんじゃないの？」

「そうだけど……。でも、行かない」消え入るような声で答える。

「どうして？」

「だってえ……。ボクが出かけてるときに、ママが出てきちゃうかもしれない。そしたらボク、ママをみつけられないもん」

「でも、ママはいないよ」

「いるよ。いるんだって、ちゃんといるんだもん」渉が目を潤ませて抗議する。

「ごめん、ごめん。そうだね、いるんだよね」

つまらぬことを不用意に言ってしまったと慌てた。でも、強引に引きずり出す訳にもいかないし。

「じゃあさ、おばちゃんが何か食べるもの買ってきていい？」

涙の残る目で、今度は少し怯えたように私を見つめる。再び取り残されるのが嫌なのだろう。

「すぐ買って戻ってくるから。そうだ、何が食べたい？　おにぎり？」

「うん」

ほんの数十分で確実に戻ってくるというのに、渉を残して部屋を出ることが大罪のように感じられた。

「おばちゃん……」心細そうに渉が呼びかける。

「大丈夫。おばちゃん、必ず戻ってくるから、ちゃんと待っててね」

後ろ髪を引かれながらそう言い残すと、私は全力でコンビニへと駆け出した。


息を切らしてコンビニに飛び込む。勢いよくレジ前を通り過ぎると、おにぎりの並んだ棚にまっすぐ向かった。

「めんたいこ、シャケ……。最近の子だから、ツナマヨとかかしら？　あ、中身は何がいいか訊いてくれればよかった。まあ、いいわ。いくつかまとめて買おう」

小声で独り言を呟きながら、手にしたおにぎりを籠に入れる。そうだ、飲み物も。ガラス張りの冷蔵棚の前に行く。

「オレンジジュース？　いいや、やっぱり牛乳かしら？　おにぎりにはお茶よね。でも子どもだし」

とりあえず目についた物から籠の中に放り込んだ。

「あ、プリンとかも食べるかしら」

籠の中は結構な品数になった。

支払いを済ませ、重いビニール袋をぶら提げながら、来た道を小走りに引き返す。〝走れメロス〟にでもなった気分だ。部屋に辿り着く頃には、すっかり息が上がってしまった。

「ただいま」

ドアを開けると、玄関の見える場所で渉は膝を抱えながら座って待っていた。私の姿を見ると、安心したように駆け寄ってくる。

「ほーら、いっぱい買ってきたよ」

さて、どこで食べさせたものかと迷った。こんなゴミ溜めのような部屋で物を食べさせるなんて。かといって、掃除をするには時間がかかりそうだ。

「ちょっと待っててね」

ベランダに続くガラス戸を開けて空気の入れ替えをする。そして散らかった物を脇に寄せ、とりあえず渉が座って食べられるくらいのスペースを作った。気持ちよく食事する場所というには程遠いが仕方ない。

「おにぎり、どれにする？」

「どれでもいい……」

「じゃあ、シャケにしようか。はい、どうぞ」

「ありがと」

おにぎりを手渡すと、渉は貪るように齧《かじ》りついた。やっぱり、相当おなかがすいていたんだ。その姿に泣けてきた。

あ、そうだ。夫に連絡をしなくては。きっと気を揉んでいるに違いない。軽く洟《はな》を啜って気を取り直すと、ケータイから自宅に電話を入れた。

――あ、私。

――どうだった？

――子どもは無事。今、おにぎり食べさせてるところ。

――ああ、無事でよかった。で、明日香ちゃんは？

渉に背を向け、口元を隠すと小声で話した。

――ううん。やっぱりいない。

――そうかあ……。あのさ、なんならうちに連れて帰ってきてもいいぞ、その子。

――う、うん。だけど……。

――だって、そこに置いてくる訳にはいかないだろうし。その後のことは、また考えればいいじゃないか。

――じゃあ、そうしようかな。……ごめんね。

――なーに、お前が謝ることじゃないさ。じゃあ、とびきりのオムライスを作るとするか。

夫の気遣いが沁みる。しかし、この場を離れようとしない渉をどうやって説得したものか。

「おばちゃん、もうひとつ食べていい？」

「いいよ」

渉は嬉しそうにツナマヨのおにぎりに手を伸ばした。

「ジュースは？」

「飲む」

ストローを刺した長細い紙パックのジュースを手渡した。渉は右手におにぎりを持ったまま空いた手でそれを受け取ると、小さな口にストローを運び、チューチューと音を立てて飲む。その姿が可愛い分、余計に哀れに思う。この子と引き換えにできる、どんなことがあるというのだろうか。

渉がおにぎり二個、ジュース一本、そしてプリンを食べる間、どう言えばうちに連れて帰れるだろうかと思案した。が、妙案は浮かばない。ちらりと腕時計を見ると、午後三時を回っていた。

と、そのとき、ガチャッと音がして、玄関ドアが開く気配がした。驚いて振り向くと、日差しを背負った人影が立っていた。

渉が勢いよく玄関に向かって走り出す。渉はその人影に抱きつくと「ママ、みーつけた」と声を上げた。

「あ、ママだあ」

「おばちゃん、ほら、ママみつけたよ」

渉は今日会ってから、いちばんの笑顔を私に見せた。

え、明日香？　姪が戻ったこと自体はよいことなのに、どこか拍子抜けしてしまって咄嗟《とっさ》に言葉が出なかった。

随分と会っていなかったとはいえ、目の前に立っている娘は私の知っている姪の姿ではない。茶髪で生気のない青白い顔。やたらと黒く塗られたアイライン。

私は顔をしかめた。

「ふーん、公子おばちゃん、来てくれたんだ」

その娘は無表情のまま、まるで何事もなかったかのように淡々と言ってのけた。

だが、名前を呼ばれてやっと、それを明日香だと認める気になった。すると、心の奥から怒りが噴き出した。

「来てくれたんだじゃないでしょっ。あんた、どこに行ってたのっ」

明日香は何も答えず、纏《まと》わりつく渉さえ半ば無視するように台所から洋室に入った。ボストンバッグをドサッと床に落とし、部屋の隅っこにしゃがみ込むと、壁にもたれ、だらしなく両足を伸ばした。

「ちゃんと説明しなさいっ」

渉の手前、怒鳴ってはいけないと思いつつも感情を抑えられなかった。案の定、渉は怯えて明日香にしがみついた。

「あ、渉ちゃん、ごめん。なんでもないから、おばちゃん、その……」

私は首を振って口をつぐんでしまった。

静かになった部屋に、窓の外から下校途中の小学生がはしゃぐ声と駆け抜ける靴音が聞こえた。

黙ってしまった大人に挟まれた渉が気を遣うように喋り始める。

「ママさ、おばちゃんにおにぎりもらったよ。ジュースもプリンも」

「ふーん、そう。よかったじゃん」

感情のこもった言葉ではなかったが、明日香がやっとまともな反応をした。

私はひとつ呼吸すると、努めて穏やかな口調で尋ねた。

「一体、どういうことなの」

「別に」

「別にって。そんな言い草がある？」

まるで反抗期の中学生だ。この頃では三十歳を第二成人と呼ぶらしいけど、そんな言葉を作って甘やかすから、いい気になっていつまで経っても自立できないのだ。

「大体、私がこられなくて、もしものことでもあったらどうする気だったの」

「そのときは、そのときかなって」

いちいち腹の立つ受け答えだ。

「じゃあ、鍵をわざわざ送ってきたのは何かの嫌がらせ？　あ、もしかして、あのときのことまだ根にもってるの？」

「はあ？」

「原宿に、ほら、連れて行かなかったから」

「原宿……。ああ、そんなこといってたこともあったね。とっくに忘れてた。そんなことどうだっていいし」

「じゃあ、どうして」

「もう、マジ、面倒臭い。渉、ちょっとそっちに行ってテレビでも見な。おばちゃんがママと話がしたいみたいだからさ」

「でもお……」

「いいから、さあ」明日香は手を振って追い払う仕草をした。

「はーい……」

渉は明日香に寄せた身体を渋々離すと、床に落ちていたテレビのリモコンを拾った。画面に子ども向け番組が映し出されると室内は賑やかになった。

明日香は砂でも嚙んだように口元を歪めると、私を見ずに視線を宙に向けた。

「あたしがどんなとこで働いているか見当つくでしょ？」明日香は薄ら笑いを浮

かべた。

「東京に出て一年くらい歌舞伎町《かぶきちょう》で働いた。なんのツテもない田舎娘が落ちるところなんて、そんなとこじゃん。呼び込みやってた男となんとなく暮らしたんだよ。すぐ妊娠しちゃってさ。そいつ〝産んでもいいぞ〟とかカッコいいこと言ってたんだけど、おなかが大きくなってきたら急にビビっちゃって〝やっぱ無理〟とか言い残して消えちゃった。もう産むしかない状態でさ。どうにもなんなかった」

相槌の代わりに溜息が出る。

「同じ店で働いてた女の人が親身になってくれてさ、なんとか、あの子を産んだんだよ。その後も、しばらくはその人の部屋に置いてもらってさ。でも、その人も訳ありで田舎に戻った。だから本当は頼りたくもなかったけど親に預けようとしたら、帰れって言われたし」

長兄に追い返されたことは不憫だとは思うが、何か釈然としない。

「で、五反田まで流れてきたって訳。そうしたら馴染みの客ができてさ。博多から出張の度に顔を出して。半年くらい前から店以外でも会うようになって、泊まりがけで温泉とかも行った」

「それが、かくれんぼのはじまりってこと？」

「ん、ああ、そう……。で、そいつが、オレと一緒にならないかって」と、明日香は渉の小さな背中を見た。

「それで、あの子をここに？　考えられない」私は頭を振った。

「ふん、呆れた？　フツーそうだよね」チィッと明日香は舌打をした。

「だけどさ、博多まで行ったら全部嘘っぱち。女房と別れる気なんかサラサラなくて。それどころか〝何しにきた。そんなこと、冗談に決まってるだろ〟って怒鳴り散らしてさ。冗談なんだってさ、冗談。いっつも、そういうヤツに引っかかってばっか。昔っから、あたしなんか誰もまともに相手してくれないし、居場所なんかどっこにもなかった。ばかなんだよ、あたし。頭悪いんだ」

明日香は紫色の付け爪が施された指先を見つめながら自嘲する。

まったく……。聞いているこっちの方が気落ちする。私は口元を歪ませた。

確かに巡り合いの悪さには同情もできる。しかし、そういう男を呼び寄せているのは明日香自身だ。

「つまり、そういうこと。どう？　これで気が済んだ？　だったら公子おばちゃん、もう帰ってくんない」

「何言ってんの、このまま帰れる訳ないでしょ。大体、あの子はどうなるの？」

「なんとかなるんじゃない」

「なんとかならなかったから、こんなふうなんでしょ。可哀想に……」

「可哀想？　そんなに渉が可哀想だって思うんなら、おばちゃんちでずっと預かってくんない？」

いきなりそう切り出されて言葉に詰まってしまった。さっきまではうちに連れて帰ろうと思っていた。しかし、ずっととなると……。

「ほらね、やっぱり。偉そうなこと言う割に、おばちゃんも結局はうちの親と同じじゃあ」

こっちの胸の内を見透かしたように、明日香が挑戦的な目で睨む。

「ああ、そう、分かった。じゃあ、そうしましょう」

売り言葉に買い言葉だ。長兄を引き合いに出されて腹も括れぬまま、そう答えてしまった。

「ふーん、そう。ちょっと、渉」

明日香に呼ばれて渉は振り向いた。

「これからおばちゃんちに行きな」

「ママは？」

「お前ひとり」

渉は怯えたように顔を引き攣《つ》らせ、明日香に駆け寄ると「行かない。ママといるんだもん、一緒にいるんだもん」と、姪の背中に抱きついた。

「いいから、おばちゃんと行けばいいんだよ。じゃなきゃ、またかくれんぼだよ」

「やだ、行かない。かくれんぼしてもいいから、ママと一緒にいるんだもん」

渉は明日香に必死にしがみついて「ママ、みーつけた。ママ、みーつけた。ママ、みーつけた」と、泣き声を上げた。その小さな頭の中で、自分を捨てようとしたことも分かっているだろうに、それでも母親の温もりに縋ろうとしている。

「まったく、聞き分けがないんだからっ」

明日香は身体から剝がすように渉を突き放した。バランスを崩した渉がティッシュの箱の上に尻餅をつく。

「明日香っ、そんな手荒な真似して」

転んだ渉に手を差し出そうとすると、明日香は「これくらいしなきゃ分かんないんだから。だから、さっさと始末しときゃよかったんだ」と言い放った。

「あんた、そんなこと本気で言ってんのっ」

「だって、事実だもの。誰も望んだ子じゃないし」

「ばかっ」

乾いた音が鳴る。思わず明日香の頰に平手打ちをしていた。

「子どもの前でなんていうことをっ。どこまで根性がねじ曲がっちゃったの、ええっ」

すると、物凄い勢いで渉が私に体当たりしてきた。

「ママをいじめるな。おばちゃんなんか嫌いだ。あっちに行け」と、小さな拳で私の肩や胸を何度も叩いた。

「渉ちゃん、おばちゃんは、おばちゃんはね……」

叩かれる痛みより渉の思いに心が痛む。私はされるがまま、その拳を受け止めた。

「渉っ、やめな」

明日香がそう声を上げると、渉の手がぴたりと止まる。私は渉の拳を両方の手のひらで包んだ。温かくて、たまらず目頭が熱くなる。陰ってゆく部屋の中に、渉がしゃくる声だけが響き、それが胸の奥に積もってゆくようだ。

私は気持ちを落ち着かせてゆっくりと腰を下ろすと、ふたりの前に正座した。

「ねえ、明日香。見てごらん、この子はどんなに酷いことされてもお前が好きなんだよ。母親が大好き。明日香ならその気持ち分かるんじゃない？　自分の身内のことを悪く言うのもなんだけど、確かに兄さん夫婦は酷い親だ。お前が小さいときから放ったらかしにして。だからって、お前まで同じようなことをするなんて、それでも平気？　こんなことじゃ兄さんにザマアねえなって笑われやしないかい？　悔しくない？」

すると、顔を背けたままの明日香の身体が小刻みに震え始めた。

「あたしだって……」

「ん？　何？」

「あたし……あたしだってさ、ばかなりにやろうとはしたよ。誰も本気で相手にしてくれなくても、ひとりで頑張ったんだよ。本当だよ。ヘトヘトになっても、この子のためにご飯も作ったし、公園で遊んだりもしたんだ。そんなの当たり前だって言われちゃうかもしれないけど。だけど、だけど……。もう、どうしようもないじゃん。疲れたよ、限界」

堰《せき》を切ったように明日香の口から言葉が溢れる。その目尻から一筋の黒い涙がこぼれ頬を伝った。

「あたし……。もう心がバラバラ。イライラするとこの子を叩いたり、その後はっと我に返って落ち込んで、そんなことの繰り返し。きっといつか渉を……。自分のことが怖くなっちゃって……。男の言うことなんて全部嘘だって分かってたよ。でも逃げたかった。だから、だから……」

鼻水を啜りながら手の甲で涙を拭うその姿が中学生の頃の面影と重なった。さっきまでさんざん悪態をついていた明日香ではすでになく、弱々しく今にも折れそうな哀れな姿。

「お前のしたことは許されることじゃないけど、この子を道連れに……妙な気を起こさなかっただけでもよかった」

ひとりぼっちでかくれんぼをしていたのはこの娘だったのかもしれない。誰かに捜してほしいとずっと願っていたのではないのか。

「でも……。よく、戻ってきたね」私は明日香の背中をゆっくりと摩《さす》った。

「お、おばちゃん、あああ……」

嗚咽《おえつ》し始めた明日香の顔は涙でぐしょぐしょだ。

潰れたティッシュの箱を拾って差し出すと、脇から渉がそれを受け取った。自分の涙を服の袖で拭うと、渉は一枚、二枚とティッシュを引き抜き「ママ、泣かないで」と明日香の頰に当てる。

「みんな自分のことで精一杯。他の人をかまってやる余裕もないんだ。お前が言った通り、おばちゃんだって同じ。情けないね。でもさ、みんなギリギリのところで踏み留まってるんだ。奈落に落ちないようにね。今の明日香にもっと頑張れって言うのは酷で無責任だと思うから言わない。だけど、味方だっているじゃない。心の底からお前のことを心配してくれるこんなにやさしい子がね。もう隠れ場所を探すんじゃなくて、この子とふたり、もっと陽の当たる道を歩けばいい」

平坦な道程《みちのり》ではないかもしれない。きっと、それをいちばん感じているのは明日香だ。

「ごめんね。もっと早く、おばちゃんがお前を見つけてやればよかったね。悪かったね、ごめんね」

明日香は黙ったまま大きく頷いた。

「さあ、もうかくれんぼはナシだよ。ほら、明日香、みーつけた。はい、これでおしまい」

膝の上に置いた明日香の手に私は自分の手のひらを重ねた。そして力を込めて握った。

「ねえ渉ちゃん、ママ、みーつけた、だよね」

頭をそっと撫でると、渉は泣き顔のまま笑った。

私は「どっこいしょ」と膝を立てた。

「さあ、みんな一緒にうちに行くよ」

「ん？」ふたりは同時に私を見上げた。

「ほら、おばちゃんのお節介の第一歩。ばかにつける薬はないけど、うちにはおじちゃんが作ってくれる美味しいオムライスがあるからね」

私は鼻水を啜り上げた後、ふたりに笑ってみせた。

「おなかがいっぱいになれば人はやさしくなれる。先のことはそれからゆっくり考えればいい」

「おばちゃん、ごめん、ごめんね……」

涙と鼻水で化粧が剝げ落ちた姪の顔は酷く汚れてはいたけど、その下に素顔の明日香が見えていた。

渡り廊下の向こう

「ねぇパパ、コンサートに行ってもいーい？」

私の帰宅を見計らっていたように娘が玄関まで迎えに来た。

女というものは不可解なことが多いが、反面分かり易い部分もある。鼻にかかったような甘ったるい声を出すときはお願い事と相場は決まっている。それは高校生の我が娘も同じだ。

リビングに入ってネクタイを緩めていると、私の前に回り込んで「マジ、行きたいの。一生のお願い」と娘が手を合わせる。

「そんなこと、パパに断らなくても、行きたいときは行ってるだろう」

十六歳にもなれば、親にいちいち許可など求めないものだ。友だちと遊びに行く、買い物に行く、それに、コンサートにだって私に許可など得ずに何度か出掛けている。

「だって、ママが……」と、娘はキッチンに立つ妻の背中に目をやった。

ああ……そういうことか。妻に反対されたので私を味方に引き入れようという魂胆なんだな。

妻がキッチンから料理を運びながら「だって、もうすぐ期末テストなのに、そんな場合じゃないでしょうって言ったの。それに……」と、言葉をいったん切った。

「それにって、何かあるのか？」

「男の子とふたりだって言うのよ」

「お、それってデートってことか？」私は茶化すように娘を見た。

「ううん、そんなんじゃないって」娘は慌てて手を振って否定する。

年頃の女の子がデートをしても至極当然なことだ。自分の経験からして、そういうものだ。勿論、父親として、ましてやひとり娘のことでその手の話があれば心中穏やかではないが、日頃から少しばかり物分かりのいい父親を演じているものだから、のっけからダメだと言えない。

「武見《たけみ》くんが……」娘が言い掛ける。

「武見？　誰だ、それ」具体的な名前が出たところで、つい声のトーンが上がってしまう。

「文化祭で知り合った子らしいわよ」妻が説明する。

中学から女子校に通う娘は、当然だが校内で男子と接することはない。その代わりということではないだろうが、中学二年生あたりから男子校の文化祭に出掛けては男の子と知り合う機会を探しているらしい。メールのやり取りをしている男の子がいることは妻から聞いていた。

「お前、ボーイフレンドができたらちゃんと紹介しろよって言ってあるだろう?」

「だから、そんなんじゃないって。ただの友だちだし」

「そう隠すなって。パパ、会ったからといって、そいつを殴ったりしないし」

「だ、か、ら、違うって。しつこいなあ」娘はムキになって答える。

その態度は少々あやしい。大体、嫌いなヤツと行くものか。男の方からしたって同様だ。

「うーん、そうか」と私は腕を組んでもったいぶった。

「あのバンド、年に一回しか武道館ライヴってやらないんだよ」

娘がどんなアーティストにハマっているのかは知らない。娘の口からは、アイドルグループの名前も出れば、よく分からないバンドの名前も出る。最近は、そういうジャンルはすっかりちんぷんかんぷんだ。思えば、いつからそういうことに疎《うと》くなってしまったのだろう。その昔、必死に贔屓の音楽を聴き漁ったというのに。

「自分で取ろうとしたんだけど、ソールドアウトで手に入らなかったの。そうしたら、武見くんがチケット余ってるって。一緒に行く予定だった友だちが行けなくなっちゃったんだって。で、一緒に行かないって誘ってくれたの」

一緒に行くはずの友だちが行けなくなった……。本当か？　そういうときに男が使う古典的な誘い文句でもある。娘はどう思っているのだろう。ちゃっかりはしているものの、私から見ると娘は奥手なところがある。

ふと、上司がぼやいていたことを思い出した。

「まったく恥ずかしい話だが、娘が離婚して戻ってくる。半年だぞ、半年。それしか保《も》たなかった。女子校なんかに通わせたのが間違いだったかな。男に免疫がなかったもんだから、カスをつかんじまったのか、見る目がなかったのか。よかれと思ったんだがなあ。裏目に出たか」

結婚の失敗原因が女子校に通わせたこととは言い切れないだろうが、ただ頷けるフシもある。

ここらで少し免疫を作らせておいた方がよいのかもしれない。もっとも行き過ぎて、妊娠騒ぎなど起こされた日には目も当てられないが……。

「まあ、いいんじゃないか」

「ホントにっ」娘がオクターブ高い声を上げる。

「ええっ」妻は不審そうな顔をした。

「お前だって、そういう時期があっただろう？」

「そうだけど」

「大学受験を控えている訳でもないしな」

娘はエスカレータ式の付属高校に通っている。余程、悪い成績を立て続けに取らない限り、そのまま大学へ行けるはずだ。

「暢気《のんき》ね、あなたは。夜なんかふらふらして補導でもされたら、進学はパアよ。入学式のときに釘刺されてるんだから、もう」妻が頭を振る。

「センター街とか歌舞伎町をうろつく訳じゃないし。たかが武道館だろう。健全って言っちゃ一番健全だぞ」

「なんか、点数稼ぎしてない？　昔っから、そういうところで格好つけるんだから」妻が厭味を言う。ま、それは事実だから反論のしようがない。

「まあまあ、そう言うなよ。終わったら寄り道せず、さっさと帰って来るっていう条件で」

「うん、分かった」

妻がむっとする傍らで、対照的な笑顔を娘は見せた。

そうか、コンサートでデートかあ……。ふっと、胸の奥に甘酸っぱくもほろ苦い想い出が断片的に甦ってきた。

私は……いや、僕は利根川《とねがわ》と渡良瀬川《わたらせがわ》に挟まれた、どこにでもあるような田舎町に生まれ育った。

初恋の定義は人によって違うだろう。幼稚園時代の〝さおりちゃん〟や小学四年のクラスメートの〝みっちゃん〟という好きな女の子もいたが、それは〝恋〟ではない。夢の中にまで現れ、朝、飛び起きてパンツの中を思わず覗くようなことをさせるほどの相手となると、中学三年のときに好きになった〝川村奈生子《かわむらなおこ》〟だ。

「もうっ、スパイクでコートの中に入らないでって言ってるのに」

女子軟式テニス部の部長だった彼女は、いつも野球部に苦情を言う立場だった。

野球グラウンドのレフト後方にテニスコートが四面あり、その境目は高さ一メートルほどの低い金網のフェンスで仕切られていた。

「ホームラン競争だ」

「勝ったら、アイス一本おごるってことで」

僕ら野球部にしてみると、そのフェンスを越える打球を放つということは、球場のスタンドにホームランを打ち込む感覚に似ていて、みな競ってオーバーフェンスを狙った。とはいえ、四番を打つ野中でも十回打って一本届くかどうかというレベルだ。大概、惜しい所までは飛ぶものの打球はフェンス前で大きく跳ねてワンバウンドでコートに入った。そこへ野球部員は金具の付いたスパイクを履いたまま、お構いなしでガチャガチャと入り込む。もっとも、そういうことは僕らの代で始まったことではない。代々、繰り返されてきたことだ。

テニス部の連中は、毎日、コートを平らに保つために重いローラーがけをしていた。たまらなかっただろうが、関係ない。男子のテニス部員などひ弱なヤツの集まりだ。

「文句あんのかっ」

中でもごつい体格をした野球部員がそう威嚇すれば、楯突くことなどできない。

そこで登場するのが女子テニス部の面々。彼女たちは口達者な者が揃っていた。その先頭に立ってやって来るのが〝川村部長〟だった。

「今度入ったら、ボールは没収するからね」

大体、苦情の窓口になるのは主将の野中の役目で、僕ら他の部員は知らん顔を決め込んでいた。

彼女とは、小学校も同じだったが、一度も一緒のクラスになることはなかった。だから、彼女のことをあまり知らなかった。成績が優秀で、廊下に張り出される試験の結果は、いつも五番以内。A組の学級委員長でテニス部の部長。きれいな顔立ちは大人びて見えるが、どことなく冷たい。精々、そんな情報と印象しかなかった。同級生の男子の中には、彼女を「いいなあ」と言う者もいたが、僕はずっと苦手なタイプだと思い込んでいた。

それが一瞬にして、気持ちを持っていかれることになるなんて……。

僕は〝巨人の星〟に影響を受け、小学二年生から野球を始めた。ポジションはピッチャー。小学生の頃は〝星飛雄馬〟になりたかったが、中学になってから目指したのは〝花形満〟だ。結局モテるのは花形の方だと気づいたからだ。大会社の跡取り息子で天才打者、格好良くて、なのに不良。田舎の男の子が憧れないはずがない。早速、ふわりと垂れ下がる前髪を真似してみたが、アニメのようには決まらず、すぐに挫折。ならば、別に格好良く見せられるものはないかと考え、ネクストバッターズサークルで片膝をついたり、滑り込んだときはさっと起き上がり髪を掻き上げる……そんなポーズの練習を夜な夜な布団の上でしていた。

しかし、現実の練習は泥臭い。ピッチャーの僕は野手がノックを受けている間、別メニューのトレーニングを課せられていた。

外野には芝生が広がり、とはいってもシロツメ草や雑草がびっしりと生えている草っ原のようなものなのだが、その上でトラックの大きなタイヤにロープを通し、その端っこを腰に結わいたままダッシュを繰り返す。その練習が嫌いで、隙あらばサボってやろうといつも考えていた。

あの日、何本かダッシュをこなした後、レフト後方の少し背の伸びた草の中に、大の字に倒れ込んだ。

「あー、ちかれたびー」

草の海に沈んだように僕は姿を消した。

五月晴れの空のどこからか、ヒバリの鳴き声と、近くのテニスコートからポーンという球を打ち返す音、遠くの剣道部の竹刀《しない》のぶつかる音や掛け声が一緒くたになって聞こえていた。目を閉じると瞼の裏が橙《だいだい》色に染まり、帽子と額の隙間から大粒の汗が流れ落ちた。

「ああ、眠いっ」

深夜放送を聴いた日は朝からずっとこんな調子だ。何度も生あくびが出る。

ラジオの深夜放送を聴きながら勉強するというのが中高校生のスタイルだった。カセット付きのポータブルラジオを必死にチューニングし、参考書を広げたものの、ついついパーソナリティーの話に聞き入ってしまい、シャーペンを握った手は止まった。

TBSラジオ・パックインミュージック、ニッポン放送・オールナイトニッポン。それぞれ贔屓の番組やパーソナリティーはいたが、僕の周りでは、文化放送・セイ！ヤングの谷村新司がダントツで人気があった。谷村はアリスという三人グループのリーダーで、パーソナリティーとしては有名だったが、バンドはまだブレイクしていなかった。

火曜の……正確に言うと水曜日。

零時半になると〝セイ！　ヤング〟のサウンドロゴに続き、テーマソング〝夜明けが来る前に〟が流れる。番組にはいろんなコーナーがあったが、なんといっでも一番の目玉は〝天才・秀才・バカシリーズ〟だ。それは、映画〝燃えよドラゴン〟のテーマ曲、ブルース・リーの雄叫びと共に始まった。ふざけたペンネームを名乗るリスナーからの葉書を、谷村は番組の相棒である、ばんばひろふみと紹介する。ひとつの事柄について、天才と秀才はまともな言動、でもバカはとんちんかんなことを言うという約束事がある。所謂《いわゆる》、三段オチというやつだ。特に下ネタ風の作品には、腹を抱えながらも声を押し殺して笑ったものだ。

「おう、昨日聴いた？」

「聴いた、聴いた」

「くそー、オレ寝ちゃったよ」

その朝の教室では、挨拶代わりにそんな言葉が飛び交った。中には、そのコーナーだけを録音したカセットテープを作る者もいた。

青草のベッドでウトウトしかかったとき、ザザザッと地面を蹴る足音が迫ってきた。やべー、サボりがバレたか、と、ひょいと頭をもたげた。

「きゃっ」と叫んだ人影は横たわっていた僕の足下を跨ぐように大きくジャンプした。白いスコートから伸びた太腿の筋肉はほどよく引き締まっていて、まるできゅっと音を立てそうなほどだった。そして着地したとき、胸の膨らみが柔らかく波を打った。一瞬のはずの動きがスローモーションのように見えた。

「びっくりしたあ。こんな所で、何やってるのっ」

川村だった。

「ああ……別に」

彼女はボブカットの前髪をヘアピンで留めていた。長身に似合ったすらりとした長い手足は、浴びた日差しで小麦色になっていた。僕は軽く上半身を起こしたまま、そんな彼女を下から見上げていた。

「どこ見てるの、エッチ」彼女はラケットでスコートを押さえた。

「お、おい、違うだろ」

僕が反論する前に、彼女はさっと踵を返すとテニスコートへ走り去った。

「エッチってよお」と文句を言いながらも、そういうことを言わなそうな彼女の口から出た言葉を聞けて、ちょっと嬉しい気がした。急に胸が高鳴った。

そしてその晩、彼女は夢の中に現れ、僕を跨ぐようにジャンプすると「エッチ」と微笑んだのだ。えっ、どういうことなんだよ。もしかして、あいつのこと好き？　その予想は正しかった。

彼女がラケットを胸に抱え、放課後の校庭を横切りながらテニスコートへ向かう姿を見るたびときめいた。いつしかそれは僕の密かな楽しみになった。できれば、もう一回、本物にジャンプしてもらいたかった。それからというもの、タイヤ引きの練習のときは、草むらに倒れ込んでじっと待ってみた。しかし、二度と彼女のジャンプする姿にはお目にかかれなかった。

乱塾時代と呼ばれ始め、地方であっても小中学生の半数は何かしらの塾に通っていた。僕もそのひとりだった。野球部の練習を終えてから、夜の塾に通うのは正直辛かった。

塾前に息抜きを兼ねて暇潰しをする場所といえば〝大谷《おおたに》書店〟で、塾が始まる三十分前、僕もよく立ち読みするために寄った。週刊の漫画本は全部買って読みたいところだったが、貰っていた小遣いでは足りない。とりあえず〝少年ジャンプ〟を毎週買うことにして、あとは立ち読みするか、散髪屋でまとめて読むと決めていた。

漫画だけじゃなく、ヌードの載ったグラビア雑誌は、僕らがどうしても手に入れたいものだった。特に篠山紀信《しのやまきしん》の激写シリーズを載せた〝GORO〟は、発刊されて間もなく、男子の必需品となっていた。たかが雑誌を買うという行為に照れが入る。大谷書店は学校の連中もよく立ち寄るので気を抜けない。

書店のレジにおじさんがいるときは、そこは男同士ということで気が楽だ。だが、運悪くおばさんがいるときは苦心する。

その日はおばさんがレジにいた。別の日に出直そうかと思ったが、それも面倒なのでグラビア誌の上に漫画本を重ねてレジに運んだ。おばさんはそんな苦心もお構いなしに、一冊ずつカウンターに並べながら金額をレジに打ち込んだ。もう、これじゃ意味ねえじゃねーかよ。心の中で文句を言う。

代金を支払い、おつりをおばさんから受け取ったときだった。

「ふーん、堀《ほり》くんって、やっぱりそういうの、見るんだ」

突然、名前を呼ばれてびくっとした上に、振り向くと川村が立っていたのだからパニック状態だ。

「ああ、あ、違う。お前、勘違いするなよ、別に」

一体、何が勘違いというんだ。慌てて否定したところで〝現行犯逮捕〟なのだからどうしようもない。僕はおばさんから雑誌の入った紙袋を奪うように取ると店の外に出て自転車に飛び乗った。マズいなぁ……。これで完全にスケベな男だって思われちまった……。きっと軽蔑されるんだろうなあ。これじゃあとてもじゃないけど、花形満にはなれっこない。

翌日、廊下で擦れ違った彼女は小さく嘲笑《わら》った……ように思えた。が、それまで挨拶も交わさない仲だったことを思えば、ふたりの距離が近づいたような気もした。

それから名誉挽回のチャンスを窺っていたが、結局は目印のオレンジ色のラケットを探しては、遠目に彼女の姿を追うだけの日が続いた。

やがて夏休みが近づき、運動部に所属する三年生にとって最後の大会が目前に迫っていた。部活を引退すれば、外野の芝生から彼女の姿を見ることもなくなる。

そう思うと妙にせつなくなって「おおおーっ」と雄叫びを上げながらタイヤを引っ張った。

野球部は夏の地区大会の決勝戦で敗れ、県大会へ駒を進めることができなかった。その時点で部活からの引退が決まった。

三年生の夏休みは、高校受験に向けて勉強に身を入れる時期になる。自宅派もいれば、図書館通いをして問題集と向き合う友だちもいた。そんな中で、僕の勉強の場は、バイパス沿いにある叔父が経営するレコード店だった。そこは二号店で、一号店は駅前商店街にあった。

「正輝《まさき》、また店番頼むよ」

普段から叔父によく店番を頼まれた。叔父は釣りが道楽で、商売はそっちのけでしょっちゅう出掛けた。「遊んでばっかりいるんだから」と叔母に小言を言われても一向に気にする様子もなく「はいはい、すみませんねえ」と調子良く釣り竿を担いだ。一号店を叔母、そして二号店は僕、夏休みの間ほぼ毎日、そういう店番の担当になった。

バイト料は雀の涙ほどだったが、好きなレコードを仕入れ値で分けてもらえた。それに、平日は客も少なかったので店内のレコードは聴き放題だった。

僕が店番をしていることを知った友だちがやって来て「これ聴かせろ」「あれ聴かせろ」と言いつつ、溜まり場になることもしばしばだった。みな、受験など遥かな未来のことのような顔つきをしていた。

そんな調子だったので、学年主任の小沢先生が「お前たちの学年は、今までで一番緊張感がない」と学年集会で吠えたのだろう。

夏休みが終わろうとしていたある日。

ドアのカウベルが鳴った。中年、おそらく父親と同じ年くらいのおっさんが入ってきた。

僕は声を掛けることもなく、一度は参考書に目を戻したものの、なんとなく気になっておっさんを見張った。

おっさんは、店内のレコード棚の間をぶらぶらして、シングルレコードのコーナーに立ち止まり、レコードジャケットを一枚手にしては戻すことを繰り返していた。

しばらくすると「よお、兄ちゃん、これかけてくれ」と、一枚のシングル盤を持ってきた。

近くに来ると、おっさんの吐く息は酒臭かった。この辺には町工場の従業員が出入りする飲み屋がたくさん並んでいる。きっと、その内のどこかで飲んできたんだろう。

「はい」と、それを受け取った。

当時は、客が望めば試聴をさせるのが普通だった。

おっさんが差し出したのは、山口百恵の〝夏ひらく青春〟だった。ジャケット写真の百恵は水色のノースリーブの服を着て、白い歯を見せながら微笑んでいた。

はあ、おっさんが百恵?

おっさんはレジ脇の丸いパイプ椅子を引き寄せると、片方だけサンダルを脱ぎ、裸足の足を組んだ。いや、殆《ほとん》どあぐらに近い座り方だった。

僕は、薄い保護袋から指紋が付かないようにドーナツ盤を丁寧に抜き取ると、レジ脇にあるプレイヤーに載せた。オートボタンを押すと、針の付いたアームが動き、レコード盤の上に着地する。プツッという音がして、店の天井の隅に吊られたスピーカーから音が流れた。

おっさんは目を閉じながら上半身を揺らした。本人はリズムを合わせているつもりなのだろうが、その揺れは合っていない。

「なぁ、兄ちゃん、やっぱり百恵はいいよなあ」と僕に話し掛けてきた。

「え、ああ、そうですね」僕は気のない返事をした。

僕は当時、アイドルには関心がなかったし、特に山口百恵のファンでもなかった。ただ、ドラマ〝赤い迷路〟は見ていた。

「こういう娘でもいれば、芸能界にでも売っぱらっちまって、そうすりゃ左うちわだな」

酷いことを言うおっさんだ。僕はそっとレコード盤をプレイヤーから取ると、スプレーを掛けてクリーナーでさっと表面を拭き取りジャケットの中に戻した。

「なあ、兄ちゃんは高校生か？」

「中三です」

「どこの中学だ？」

「西中」

「ふーん、じゃあ川村奈生子って知ってるか？」

「し、知ってるんですか、川村のこと」

まったく予期していなかった名前が飛び出して、僕はちょっと動揺した。

「当たり前だ。うちの娘だからな。ま、オレの子じゃ……」と、言い掛けてゲップをした。

えっ、今なんて言った？ 川村がこんなおっさんの娘？ 嘘だろう。絶対に違う。頭の中で必死に否定したのに、なぜかおっさんの言うことが事実だろうと思えた。そして、なんだか無性に悲しい思いがした。

毎年、十一月に文化祭が行われる。準備は一ヶ月前から始まるのだが、僕は担任に指名されて実行委員をすることになった。最初は「面倒くせえなあ」と文句ばかり言っていたのに、渋々出席したその委員会に彼女がいた。現金なものだが、気分はころっと好転した。

更に、僕と彼女は一緒にパンフレットの作成を担当することになった。それまでクラスが違うだけで、外国にいるほど離れているような感じがしていたのに、今や放課後はほぼ毎日、彼女は僕の隣にいるようになった。しかも、パンフレットの打ち合わせだと言えば、A組に行って堂々と彼女を呼び出すこともできた。

「堀くんって、案外まじめにこういうことやるんだね」

僕の評価が少しずつ上がっていく。なんかもっと格好いい自分を見せたくなる。できれば、ちょっと頭のいい感じに……。お、そうだ、バイロンがいい。

中学の頃には、ちょっと難解なものに気触《かぶ》れたりする。クラス内ではバイロンの詩集に気触れる者が多かった。僕もそのひとりだ。が、実のところ、内容などなんのことだかさっぱりだったし、一行の詩すら覚えていない。それでも、彼女に対して、オレってこういう本を読むんだぜ、と思わせたくて、僕はわざと詩集を彼女の足下に落とした。

彼女はそれを拾い上げて「バイロン?」と表紙を見た。

「イギリスの詩人。お前知らない? こいつ、いい詩を書くんだ。そうだ、貸してやるよ」

詩集を手にした彼女は「うん、じゃあ、読んでみる」と鞄の中に仕舞った。

今にして思えば赤面ものの行為だが、必要以上に自分をよく見せたい年頃の為せる業でもある。

「川村って、谷村新司の〝セイヤング〟って聴いてる?」

「ううん。勉強するときは何も聴かない、気が散るから」

「ふーん、そっか。じゃあ、音楽は聴いたりするのか?」

「うん、でも洋楽かな」

「へー。でもさ、アリスとかもいいぞ。今度、LP貸してやるよ」

次第に同じクラスの女子と話すような雰囲気で、彼女と接するようになった。

「川村、どこ受けんだ?」

「一女《いちじょ》のつもり」

県立第一女子のことで、進学校として名の通った偏差値の高い高校だ。

「堀くんは？」

「あ、オレ？　たぶん県立東」

進学校ではあるが、正直、ランクとしては二番手だ。

文化祭を一週間後に控えた放課後、委員会が終わって下校するとき、彼女が僕の後頭部を指差した。

「あ、ここ、寝癖ついてるよ」

「えっ、嘘」僕は頭を撫でた。

「そっちじゃなくて、ほら、ここ、ぴょこんって跳ねてる」彼女は僕の髪を指先で触れた。

「おい、やめろよ」と逃げつつも、身体を電流が突き抜けるようだった。それくらい嬉しかった。

「あ、川村、お前も寝癖があるぞ」

「えーっ、そんなあ」彼女は慌てて僕と同じように自分の髪を撫でた。

「嘘でした」僕はにやっと笑った。

「もうっ」彼女は笑って僕の肩を軽く叩いた。

叩かれて、二度目の電流が走った。

「だけどお前、いつも髪の毛きっちりしてるよなあ」

部活をやっていたときより、彼女の髪は長くなって肩に届きそうだった。そういうことに気づくということは、それだけ彼女のことを見ているということでもある。

「うん、まぁ。うちのお母さん、美容室やってるから……」

「そうなんだ。川村んちって美容室やってんのか」

お互いの住んでいる地区が遠いせいもあって、その情報は初めて聞くものだった。

「あ、そういえば、川村」

「うん？」

「お前の親父って……」と僕が言い掛けると、彼女の顔は今まで見たことのないくらい怯えた表情になった。笑顔が一変してしまった。マズいとは思ったが、口から次の言葉が出てしまった。

「夏休みにさ、叔父さんのレコード屋で店番してたら、お前の親父っていう人が来てさ」

彼女は黙ったまま、私を睨みつけた。理由は分からないが、触れてはならないものに触れてしまったらしい。

「いや、なんでもない、きっと人違いだな。なんかチンピラっぽかったし」作り笑いで誤魔化した。

折角、親しくなれそうだったのに、とんだミスだ。ずんと落ち込んだ。

何かで挽回しなくちゃ。それからずっと考えていた。

教室の窓からぼんやりと中庭を見ていると「おい、アリスが文館《ぶんかん》に来るんだってな。堀べえの叔父さんとこで、チケット手に入んないか」と、クラスメートの田口に声を掛けられた。文館とは、隣の市にある市民文化会館のことだ。

当時、地方のレコード店は、コンサートチケットを扱うプレイガイドの役目を果たしていた。

「ばか、この時期にコンサートなんか行ったって先生にでもバレてみろ。スゲー怒られるぞ」

「ああ、そうか。ちぇっ」と、田口は舌打ちした。

あ、そうか、それだっ。その時、ミスを取り返す方法がひらめいた。彼女をアリスのコンサートに誘おう。受験生だって、一日ぐらい遊んだってどうってことない。彼女の気分転換にもなるはずだ。それにたとえ「行かない」と断られてもいい。だめもとでいいんだ。

学校の帰りに叔父さんの店に寄ると「二枚チケット取ってくれない」と頼んだ。

「お、正輝、デートか」

「そんなんじゃねーよ。男の友だちと行くのに決まってるだろ」と、嘘をついた。

チケットは手に入れたものの、いざとなると彼女に伝えられなかった。おまけに文化祭が終わった後は、さっぱりと接点がなくなっていた。

コンサートが一週間後に迫った。いくらなんでも、もう言わなけりゃマズい。

僕は腹を括って彼女に電話することにした。

ダイヤルを回しながら、話の順番を復唱した。

電話が繋がった。

――はい〝ビューティーカワムラ〟です。

女の人が出た。でもその声は彼女のものではなかった。彼女の母親に違いない。

僕は慌てふためいてしまった。

――いや、あの、えーと。

――もしもし。どちら様？

――あ、はい。ぼ、僕は堀と言います。えーと、奈生子さんの同級生で……。

――はい、で、なんの用事？

――この間の模擬試験の問題のことで、訊きたいことがあって、あ、はい。

――ああ、そう。ちょっと待ってね。今、呼ぶから。

途中までは不審がられていた様子だったが、咄嗟に出た「模擬試験の問題」という言葉の後は、安心したような声になった。うまく切り抜けたとほっとする。

――もしもし。

――あ、オレ、堀。ごめんな。

――うん。

――あのさ、次の日曜、文館でアリスのコンサートあるんだけど、一緒に行く予定だった田口がさ、突然行けなくなっちゃって。で、川村、一緒に行かねえかなあって思って。

彼女は黙っていた。考えてみれば、田口がだめになったからといって、代わりに川村を誘う理由がなかった。

――いや、だめなら、行きたくなけりゃそれでもいいんだ。でもさ、もし、もしもよ、たまに息抜きがしたいなあとか思ってたらさ。

それでも彼女は言葉を発しなかった。

——オレ、駅のバス停で待ってるよ。いや、無理なら来なくていいから。ホント、無理しなくていいから。じゃあな。

僕は一方的に喋ると受話器を戻した。手のひらが汗でぐっしょりと濡れていた。

それからの数日間、僕は学校で彼女と顔を合わさないように努力した。もし会ってしまったら、約束の日を待たずに断られてしまいそうな気がしたからだ。

約束の日が訪れた。おとといの晩から、勉強も睡眠もままならない状態で、僕は自転車を漕いで駅へ向かった。

駅舎の隅にある駐輪場に自転車を入れると、バス停の前をうろうろしながら、バスがロータリーに入って来るのを、どきどきしながら待った。

やっぱり、来ないか？　僕は握った二枚のチケットを見つめた。

バスがクラクションを鳴らして、三番の停留所に入ってきた。中央のドアが開く。三人の老人が降りてきた。と、その後ろから、グレーのダッフルコートを着た彼女が現れた。一段ずつステップを降りてくる彼女は、まるでふわふわとした雲の上から舞い降りてくるように見えた。そして僕を見つけるとぎこちなく微笑んだ。思わず、ぐっと拳を握った。

「よう」

そう言うのが精一杯で、どうして来る気になったのか、理由など訊けなかった。でも、そんなことはどうでもいい。

三十分ほど電車に揺られ、文館の最寄り駅に着いた。渡良瀬川の鉄橋を渡って中心街へと歩く。夕闇に街の灯りが浮かび上がった。

文館の入り口前の路上で、ワゴン車のホットドッグ売りが出ていた。コンサートが始まってしまえば、二時間半は何も食べることができない。

「川村、お前、腹減ってない？」

「ううん」彼女は頭を振った。

「そ、そうか」

「おなかすいてるの？」

「うん、まあ。オレ、あれ食ってもいい？」

「いいよ」

僕はひとつホットドッグを注文した。でも、ひとりで齧りつくには抵抗があった。僕はそれを真ん中から千切り「半分、食べろよ。途中で腹減るぞ」と無造作に彼女の顔先に突き出した。

植え込みの柵にふたりで腰掛けた。茹で立てのソーセージが一層温かく感じたのは彼女が側にいてくれたからだ。

シングルの〝今はもうだれも〟がヒットしたものの、アリスのコンサートは満席にならなかった。ファンとしては複雑な思いだ。売れなければ応援の甲斐がなく、売れたら遠くへ行ってしまいそうで淋しい。それでも足を運んだファンは手拍子を打ち鳴らしながら盛り上がった。

曲の合間、谷村の話は、〝セイ！　ヤング〟の放送同様に観客たちの笑いを誘った。

「な、谷村《チンペイ》さんって面白いだろ」

そう耳打ちすると彼女は「うん」と頷いて微笑んだ。

開演が遅れた分、アンコールの曲を歌い終わった頃には、九時を回っていた。

「ちょっと急ぐか？」

文館を後にして駅に向かったが、乗り込むはずだった電車はタッチの差で発車したばかりだった。

夜は本数が少ない。一本乗り遅れると、次の電車が来るまで三十分以上、間が空く。少しでも彼女と一緒にいたかった僕としては、乗り遅れは好都合だったけど。

蛍光灯の光がちらつくホームのベンチは北風が吹き抜けて寒いはずなのに、僕はそれをまったく感じなかった。

木でできた長いベンチの端っこに座った。ベンチの上においた彼女の手が、僕
の指先の十センチ、いや五センチ先にあるのに、五センチはおろか、ただの一ミ
りさえ、僕は指先を近づけることができない。

「ねえ」彼女は沈黙を破るように顔を上げて、そう話し掛けてきた。

「うん？」

「堀くんちのお父さんってどういう人？」

「うちの親父？」

父は町の水道局に勤めていて、僕にも妹や弟に対しても特に口煩《うるさ》くもない。

コンサートに行くと言っても「そうか」と答えただけだった。ただ、男友だちと
行くと嘘をついたけれど。

「うーん、普通」

「そう……。普通かあ。……ねえ、うちの父親のこと、いつか訊いたよね」

「いや、あれはさ」

「本当の父親じゃないの。私が五歳のときにお母さんが再婚して……」

「ああ……」僕はどう答えていいものか分からず力なく声を漏らした。

「あの人嫌いなんだ、私」彼女は絞り出すように声を出した。

「そ、そうかあ……」

「お母さんばっかり働かせてるし、昼間からお酒飲んで自分はブラブラしてるだけ。それで気に入らないと、お母さんのこと殴るんだもの。たまに私もやられるけど。でも、あの人に好き勝手させてるお母さんも嫌い……」

「あ、ああ」

「そのことでお母さんと、昨夜《ゆうべ》けんかしちゃった。だから、ちょっと家に居づらくて」

そういう事情で、コンサートにつきあってくれたのか。

「堀くん、ごめんね」

ごめんというその言葉がホームに悲しく響いた。

「いいよ、謝ることないって」

彼女は俯いて何度か頷いた。

「私ね、ずっと昔から思ってたんだ。あのお母さんも本当のお母さんじゃなくって、別の両親がいるはずだって。ちゃんと頑張っていい子でいたら、きっといつか迎えに来てくれるって。だから、勉強頑張ったんだ。ばっかみたいでしょ。少女漫画並みにダサイ話だよね」

彼女は何かを蹴るように右足を前に出した。コートの隙間から膝小僧が覗いた。

「いや、そんな、ことは……」

僕はただ苦笑するよりなかった。

「でも、現実なんだよね、これが。でも私は絶対、あの家から抜け出す。勉強して、大学へ行く。だから高校までは我慢する」彼女は自分に言い聞かせるように呟いた。同い年の彼女が、急に随分年上のお姉さんに見えた。

「ああ、川村なら……」

電車に乗ると、彼女は押し黙ったまま暗い窓の外へ目を向けた。車窓に映る彼女の横顔を見ながら、彼女は誰かに気持ちを打ち明けたかったんだと思った。重い気持ちにはなったけど、僕は頼られている気がして嬉しかった。〝オレが守らなければ。オレが川村を守ってやらなくちゃ〝僕はぐっと拳に力を込めた。

地元の駅に着いたのは十一時前だった。二両編成の電車から降りた乗客は、僕らを含め、五人だった。

もうバスはない。

「送ってくよ。自転車の後ろに乗れよ」

「うん」と彼女は軽く頷いた。

駐輪場から自転車を転がし、駅前の交番が見えなくなった場所から、彼女を後部座席に乗せた。

「落ちるなよ」

僕がそう言うと、横座りをした彼女の両腕が僕の胴に巻き付いた。あんなにも遠かった五センチの距離があっという間にゼロになる。それどころかしっかりと強く触れている。心臓はマラソンを走ったときのように激しく脈を打った。

重い話を聞かされた後なのに、彼女にはすまないが、しあわせな気分になった。それでも、彼女に悟られまいとして、渇いた口の中を潤すように舌を動かすと、ごくりと大きな音が鳴ってしまった。

十分、いや十五分漕いだだろうか。国道から彼女が指差す路地に入ると〝ビューティーカワムラ〟の看板が見えてきた。夢のような時間が終わろうとしている。このまま町内をもう一周したかった。

　美容室のガラスドアの前で彼女を降ろす。別れを惜しむように、僕はなかなか「おやすみ」も「またな」とも言えずにいた。

　と、そのときだ。美容室の電気が点いたかと思うと、勢いよく中から現れた黒い人影が怒鳴った。

「この、ばかやろっ。黙ってうちを出て、どこほっつき歩《ある》ってやがんだっ」

　そして間髪を容《い》れず、彼女の顔に平手打ちした。

　彼女は「きゃーっ」と叫んでドアに肩からぶつかった。

　影の正体は、叔父の店に来たあのおっさんだった。

　僕は自分が殴られた訳でもないのに、その一発ですっかり怖じ気づいてしまった。

　おっさんは僕を睨むと「てめえも殴られてえか。とっとと帰れっ」と凄んだ。僕のことなどちっとも覚えていないようだった。

　僕は慌てて自転車の向きを変えると、一目散にその場から離れた。漕ぐ足が震えて、ペダルを踏み外しそうになった。

〝どうして逃げるんだ。お前が誘ったせいで、川村が殴られてるじゃないか〟僕は自問した。それでも引き返すことはしなかった。何が守ってやらなくちゃだ。情けなくて泣けてくると、涙と洟が止まらなくなった。家に帰ってそのまま布団に潜り込み、震えながらまた泣いた。結局、一睡もできず朝を迎えた。

翌朝、早めに登校して、A組の下駄箱の陰で彼女が来るのを待った。どの面《つら》下げて彼女に会うつもりだ。でも、とにかく謝らなければ……。

「川村……」

彼女の背中から声を掛けた。

上履きに履き替えた彼女が振り向くと、左目に眼帯が掛けられていた。

「オレ、オレさ……」

「気にしないで」小さな声で答えた。

「でも……」

彼女は何も言わずに、ただ首を振った。

立ち尽くす僕の脇を通り抜け「おはよう」と、友だちと挨拶を交わす声が聞こえた。その声の明るさが僕の胸を締めつけた。

〝オレはなんて格好悪いヤツなんだ〟僕は項垂れて教室に続く階段を昇った。

その日を境に、僕らの間には幕のようなものがかかり、気まずさが生まれてしまった。廊下で顔を合わせても言葉も交わさない。話し掛けたい気持ちは充分あったが、それが彼女を傷つけ、苦しませるような気がした。

僕らはそのまま、卒業式を迎えることになった。

僕はかなり落ち込んではいたが、受験は踏ん張った。そして、ふたりとも志望校に合格した。僕は自分のことより、彼女のことを心配していた。もし、僕のことで受験に影響したら、彼女があの晩言った〝家を抜け出す計画〟に狂いが生じる。彼女の合格を聞いてほっとした。

卒業式の後、中庭の噴水の前で写真を撮り合う彼女の姿を遠くから見ていた。と、彼女と視線が合った。彼女は人差し指で渡り廊下を指した。

体育館に続く渡り廊下の脇には白い木蓮《もくれん》の花が咲いていた。

「これ、借りてた本」

「ああ」

「返すの忘れててごめん」

「そんなことどうでもいいんだ。川村にやったつもりだったし……」

僕は文庫本を受け取って、表紙をじっと見つめた。そして彼女の次の言葉を待った。本当にこれで終わりなんだろうか。またいつかどこかで会えるだろうか。

「じゃあ、行くね」と彼女が走り出す。

「川村」と僕は呼び止めた。

「なーに？」

「頑張れよ」

振り向いた彼女は笑顔を見せて「ありがとう」と手を振った。再び駆け出した彼女の後ろ姿が渡り廊下の向こうに消えるまでじっとして見ていた。

「ねえ、パパ、聞いてる？　もうっパパ」

遠い昔話を思い出し、ぼんやりとしていたら娘に叱られた。

「うん、なんだ？」

「やっぱり帰りにスタバでお茶くらいしてきてもいい？」

「さぁ、それはママと交渉しろ」

「また、あなたはそういうことを……」妻が口を尖らせる。

「着替えてくる」と、私はリビングから寝室に向かった。

寝室の隅に小さなライティングデスクが置いてある。私がちょっとした仕事をするために買ったものなのだが、家に持ち帰った仕事をするときは、結局ダイニングテーブルを使う。遅くまでパソコンのキーボードをパチパチ叩いていると妻に煩がられるからだ。すっかり本を重ねておくだけのデスクになってしまった。

私は引き出しの中から厚紙でできた箱を取り出した。それを持ってベッドの縁に腰掛ける。この箱を開けるのは久し振りだ。私は、何かに怖じ気づきそうになったり、逃げてしまいたくなったときに、この箱を取り出す。

ひとつ呼吸をして蓋を開ける。中には一冊の文庫本。バイロンの詩集だ。彼女が卒業式の日、私に返した一冊。本当は黴《か》びた臭いしかするはずもない本から、あの木蓮の香りがする気がした。そして同時に、彼女との想い出の香りだ。

妻にも娘にも内緒の一冊。殊更に隠す必要もないが、まあ、これくらいの秘密があってもいい。

ゆっくりとページを捲ってみた。青い封筒が挟まっている。封筒から取り出した便箋をそっと広げた。サイドランプの薄明かりに照らして読んでみる。

「ありがとう」という彼女が書いた文字。老眼の始まった目でもしっかりピントが合って読める大きさの文字だ。

今こうして充実した生活が送れるのも、このひと言に励まされ、頑張ったから、と思える部分がある。

あいつ、字もきれいだったんだなあ……。

叶わなかった想いというものは美化される。きっと私の想い出も幾重にもきれいな包装がなされてきたに違いない。

あれから二度と彼女には会えなかった。どこで何を、どんな暮らしをしているのかも不明だ。

あの渡り廊下の向こうに、彼女のしあわせは待っていてくれただろうか。

いちばん新しい思い出

駅までは十五分も歩けば着く。なのに、随分と早めに靴を履いて部屋を後にした。日が昇る前から目が覚めて、何やらそわそわと落ち着かなかった。

九月の中旬ともなると、大分、朝晩は凌ぎ易くなったが、早足で歩いたせいか、額には汗が滲んだ。

吉祥寺《きちじょうじ》駅の中央改札口の正面に立ち、握ったケータイの液晶画面に目を落とす。九時半か。約束の時間まで、まだ三十分もある。それでも、もしかしたらと思い、構内をぐるりと見渡した。でも、それらしい待ち人の姿はどこにもない。

三日前の夜、ケータイが震えた。

――はい。佐藤《さとう》ですが。

――あ、通じた。よかった。

若い女の声だった。少しばかりヒソヒソ話でもするような声だ。ただ、その声に聞き覚えがなく、てっきり間違い電話だと思った。

――どちらにお掛けですか？

すると、少し間を空けて「お父さん？」と、その声は問い掛けた。

お父さん……。そう呼ばれて、幼い頃の娘の笑顔がまぶたに浮かんだ。香織？

いや、そんな訳がないな。

――私よ、分かる？　香織《かおり》。

狐につままれたという感覚はこういうものなのだろう。娘とは、もうかれこれ十五年以上も会っていない。混乱した。

――もしもし、お父さん、聞こえてる？

――あ、ああ。はい。

娘は、長いブランクがあったことなど嘘のように話し掛けてくる。

――今度の日曜日、お父さん、時間ある？

――空いてるけど。

このところの数年、週末は時間を持て余している。

――よかった。ちょっと、会えない？

頭の中を整理する余裕を与えないまま、香織は、そう問い掛けた。

――あ、もしかして迷惑？

迷惑なものか。本当に娘が会いに来てくれるのなら。しかし……。

と、ガサガサという雑音がした。送話口を押さえた音だ。その雑音の向こう側から「はーい、分かった。今、行く」という、香織が誰かに返事をする様子が窺えた。

——あ、そうだ。お父さん、今、どこに住んでるの?

——吉祥寺だけど……。

——じゃあ、日曜日の朝、十時。そっちに行ってもいい?

——ああ。でも……。

——じゃあ、改札出た所で待ち合わせでいい?

——ああ、改札は中央口だぞ、分からなくなったら連絡……。

私の言葉が終わる前に、香織は慌てるように電話を切った。

十五年振りの娘の声。しかも会いたいと言ってきた。もっと、感慨深さや動揺というものがあってもいいのかもしれないが、驚きが大きすぎると、そういうものが吹き飛んでしまうものなのか。まるで夢でも見ているようだった。いや、もしかしたら、本当に夢だったのではないか。私は不安になり、ケータイの着信履歴を確認する。あの電話の後、電話帳に香織の名前を登録した。確かに、その日付で香織からの着信はあった。ほっとする。

頭上のホームに電車が滑り込む音がすると、下車した客たちが階段に姿を現す。日曜日ということもあって、家族連れの姿が目につく。その人波の中に、娘らしき姿を目で追った。が、なにぶんにも最近の娘の姿を知らない。あれか、いやあっちか。背伸びをするように、左右に首を振った。おまけに、二十代の子たちを探すべきなのに、小学生くらいの女の子を、無意識に目で追ってしまう。その度に、私の知っている香織の姿をダブらせる。見当違いも甚だしい。

会ったら、どんな声の掛け方をすればいいんだ？

昨夜《ゆうべ》から頭の中でシミュレーションし続けていたのに、この期に及んでまだ、その言葉が見つからないままだ。

「あ、そうだ」

私は手のひらで口を覆うと「はぁー」と息を吐き出し、その息の匂いを嗅いだ。久し振りに会って息が臭かったら、いきなり減点だからな。自分でもばからしいと思ったが、起きてから二度も歯磨きをした。

「パパ、お口臭い」と言われた記憶が、そうさせるのだ。幼稚園に通い出した頃、膝の上に乗った香織が、何気なく言ったひと言が、今も気になる。些細な思い出の方が、頭に深く刺さっているというのは不思議だ。

もうタバコの臭いはしないはずだ。禁煙したのは二年程前。それまでは日に二箱を吸うヘビースモーカーの類いだった。別に長生きをしたいと思った訳ではない。世の中の禁煙ムードが高まり、喫煙できる場所をいちいち探すのが億劫になったからだ。

もっとも、五十も半ばを過ぎれば、口臭だけではあるまい。加齢臭というものも避けられない。まったく、年を取るなどというのはロクなことがないものだ。

服装にも気を遣った。普段の休日なら、下手をするとジャージ姿で街中まで出てくることもあるが、今日はクリーニング店から戻ったばかりの青いボタンダウンシャツと綿パンという格好を選んだ。

そもそも、離婚などしなければ、こんなことにもならなかっただろうにな。私はひとり首を振って苦笑いをした。

離婚した元妻、由美子《ゆみこ》との関係がおかしくなり始めたのは、バブル経済が崩壊し、景気の動向があやしくなった頃と重なる。

元々、私はハウスメーカーの社員だった。リゾート法の成立を機に、会社はリゾートマンション販売やスキー場、ゴルフ場の開発を手掛ける子会社を設立し、私はそちらへと出向になった。

その後、すぐにバブルの好景気に沸き、会社は急激に売り上げを伸ばした。原野はもとより、ゴミの山にまで値段がついた時代だ。

芝浦のヘリポートからヘリコプターに客を乗せ、栃木の開業したばかりのゴルフ場でプレーをした後、再びヘリで東京へ戻る。待機させておいたハイヤーで銀座へ移動し、どんちゃん騒ぎの接待。帰り際に、タクシーチケットをホステスにバラまくなどということは、当たり前のことだった。一夜にして、数億の金が動いたこともある。だから、その程度の経費など、痛くも痒くもなかった。まさに濡れ手で粟というのは、あのことだった。

当然、週の大半の帰宅時間は深夜を回り、妻や娘と顔を合わせる機会が少なくなっていた。擦れ違いはあっても、バブルの時代には、報酬という分かり易い鎹《かすがい》があった。

「昨夜《ゆうべ》も、接待だったの？」

「ああ、でも五本の契約だ」

「そう、凄いわね」

由美子も自由になるお金があったので、満更でもない様子だった。むしろ、もっとしっかり働いて、という雰囲気だった。

ところが、総量規制が通達され、金融機関からの資金の調達がままならなくなると、経営は一気に坂を転げ始めた。ただ、開発の計画は修正が難しく、縮小や中止もままならず、それまで接待に費やされた夜は、計画の見直しをするための残業時間に変わった。なにせ、前日に見直した計画が翌日には、更に見直しをせねばならないような毎日の繰り返しだ。社内にも不穏な噂が立ち、倒産の危機が囁かれた。私のみならず、社員みんなピリピリとした雰囲気に支配されていた。中には、沈没船のネズミのように、いち早く退社を決め込む者も現れた。

私の態度が荒れていたこともあったかもしれない。同じ酔っぱらいでも、豪遊していたときは機嫌のよかった私が、飲んで帰れば、ぶすっとしているか、由美子に当たり散らしたのだから、向こうも気分を害するだろう。

すると由美子は朝から愚痴を言い始めるようになった。愚痴ではない。はっきり言えば、私への不満だった。

不満を言われるのはいい。ただ、朝から文句を言われることほど苦痛なものはない。同じ不平不満の類いであっても、夜に言われれば、仮に腹が立っても、眠ることで緩和されるというものだ。しかし、朝っぱらからの文句というものは、起きている一日中影響を与える。ましてや、仕事が不調となれば、輪をかけてキツい。

最初は仕方ないとは思っていたが、そんな愚痴を言われる朝が毎日となると、こちらもキレてしまうというものだ。

「朝っぱらから、うるさいんだよ」

「何よ、私のことなんかどうでもいいのよ」

「誰がそんなこと言った？　少しは、オレの身にもなってみろっ」

離婚へのカウントダウンは、そういう言い争いから始まった。おまけに、給料が下がっていく状況だった。

朝食の席で、両親が大声で怒鳴り合う様を見ていた香織は、どんな心持ちだったのだろう。まだ小学生の娘が、愉快に思っていなかったことだけは確実だ。娘に対して、すまないという気持ちはあったが、一旦、由美子との言い争いが始まってしまうと、私自身、歯止めが利かなくなっていた。

私たちの言い争いが始まると、娘は齧りかけのトーストも飲みかけの牛乳もそのままにして「ごちそうさま」も言わず席を立ち、その場から逃げ去るようにランドセルを背負った。

そんな有り様だ。修復不可能になった夫婦が離婚を選択することは当然の流れというものだった。

「香織は私が育てます」

「いいや、オレが育てる」

「あなたには無理よ」

「なんとかなる」

「もしかして、三島のお義母《かあ》さんを当てにしてるんじゃないでしょうね？　無理よ、お義母さん、膝の具合が悪いんだから。私の方は、甲府の両親が帰ってくればいいって言ってくれてるし」

状況を冷静に考えれば、悔しいが、軍配は由美子に上がって当然だった。

「慰謝料は要らない。もっとも、会社傾いちゃって、払えそうもないしね。でも、香織の養育費は、月々、振り込んでもらうわよ」

私は言われた通り、離婚が成立した翌月から、毎月、養育費として五万円を香織名義の口座に振り込んだ。

会社は噂通り、それから間もなく倒産した。それでも、知り合いを通じて、ビルの管理業務をする会社に入れたことは幸運だった。とはいえ、今も不況とは背中合わせにいる。リタイア後の生活を思うと気が重くなる。

そんな苦い思い出に苦笑しながら、またケータイの画面に目を落とした。十時を回った。もう、そろそろだな。

階段を降りてくる人波に目を向けた。あれじゃないかなと思える子がいた。水色のワンピース姿のその子は、改札を通り抜けると、真っすぐ私の方へ向かってくる。間違いなく香織だ。

丸顔だった香織の顔は、少し面長《おもなが》になった。化粧をした娘の顔を見るのは初めてだ。残念ながら、私より、確実に別れた妻に似ている。そこが微妙に寂しい……。

「お父さん」

本当は、頭の天辺《てっぺん》から爪先まで、まじまじと見てみたかったが、なんとなく気恥ずかしくて顔だけを見た。

「元気だったか」

あれ程、何か気の利いた言葉はないものかと迷っていたのに、第一声が「元気だったか」とは。苦笑いだ。

「大きくなったなぁ」

「当たり前じゃない」香織は昔と同じように右の頰にえくぼを作って笑った。

「お父さんのこと、すぐに分かったか？」

「うん」

香織の変化に比べれば、私など、白髪と皺が増えて、身体が少ししぼんだ程度だ。さすがに分かるだろう。

「お、そうだ。腹は減ってないか？」

「ううん、大丈夫。それに、まだ十時よ」

「あ、そうだな。じゃあ、とりあえず、どこかでお茶でも飲むか？」

「いい。お父さんちでゆっくりしたい。その方が落ち着くし」

「じゃあ、ケーキでも買って行くか？」

「ホント、何も要らないから」

「遠慮なんかしなくてもいいのに」

「別に、遠慮なんかしてないから、大丈夫だって」

何か父親らしいことをしようとして空回りした。それにしては、セコい話だが……。

私たちは駅前のロータリーを抜けると、サンロードと呼ばれるアーケード式の商店街を歩き出した。

「やっぱり東京は人が多いね」

「ああ、日曜だしな。でも、新宿や渋谷と比べたら、まだ少ない方だろう」

「渋谷かぁ……。東京の大学に進みたかったなぁ」香織がそんな言葉をぽそっとこぼした。

「行けばよかったじゃないか」

「うーん、そうだけど、うちに負担はかけられないし。仕送りだって大変でしょ。だから、地元の大学にした」

不用意につまらぬことを言ってしまったと悔やむ。それに、香織に苦労をさせてしまったのではないかと滅入った。

「そうか。それにしても、よく、お父さんのケータイ番号を知ってたな？　まさかお母さんから聞いたとか」と、私は話題を変えてみた。

由美子はとうの昔に私のケータイ番号など忘れてしまったに違いない。もし、覚えていたとしても、香織に教えることはないだろう。

「忘れちゃったの。お父さんが、ランドセルにぶら下げてたお守りの中に、紙に書いて入れてくれたんじゃない。お母さんには内緒だって。困ったことがあったら、いつでも掛けておいでって」

ああ、そうだった。いよいよ、香織とも別れるという日。由美子の目を盗むようにして、メモ書きを忍ばせたんだった。今でも持っていてくれたのか。番号を変えずにいてよかった。

真っすぐ北に伸びた商店街を通り過ぎ、五日市街道を渡ると、狭い路地へと入る。

住宅街にブロック塀で囲まれた二階建ての建物がある。築二十年以上経つ賃貸マンションだ。最新のセキュリティシステムも何もない。戸数は六戸。こぢんまりとした物件だ。いくら見栄を張りたい場面でも、一夜にして引っ越しをすることは無理だ。

「ここだ、お父さんのうち」

「うん」香織は軽く頷くと建物全体を見回した。

かつて一緒に住んだ目黒区内のマンションは見映えのするものだった。バブル景気の勢いに乗って転売を繰り返し、いずれは一戸建てを手に入れようと目論《もくろ》んでいた。その出発点となるはずの物件だったが、バブルの崩壊で、それどころではなくなってしまった。離婚後すぐ、ローンが重荷になって手放したが、ローンをすべて返済することはできなかった。

こんな所で暮らす父親を哀れに思うだろうか？　不憫に思うだろうか？

玄関先で同じマンションの住人と出くわす。軽く会釈をして通り過ぎた。

「若い愛人でも引っ張り込んだように見えたかもよ」香織が軽口を言って笑う。

「ばかを言うな。どこからどう見ても、親子にしか見えないだろう」

娘に茶化されて照れ隠しに笑って返した。が、香織の言うように、他人からは愛人に見えても仕方ないか。

私の部屋は、一階の１０３号室だ。

「さぁ、上がりなさい」

「お邪魔します」娘はそう言うと、私が揃えたスリッパを履いた。

〝ただいま〟ではないんだな。何気ないひと言に、娘との距離を感じてしまう。

狭い玄関を抜ければリビングだ。南向きの1LDK。ただ周囲を建物に囲まれているせいで、冬場は午後の三時を過ぎると陽が翳ってしまう。でも、平日は勤めに出ているので、そんなことも然程《さほど》気にはならない。

「ふーん。案外ちゃんと片付いてるじゃない」

「ああ、まぁーなぁ」

実は、朝早くから、部屋の片付けをした。放っておけば、一ヶ月、いやもっと、掃除などすることもなかった私が、絨毯の上をゴリゴリと音を立てながら必死に掃除機を動かした。それに、いつもなら洗濯した下着が窓際にぶら下がっている。

「あ、でも、もしかして、必死に片付けたりしたとか？」

「バレたか」私は素直に認めて、頭を掻いた。

「あ、庭があるのね」

リビングから出られる庭がある。三坪くらいはあるかもしれない。防犯上、一階の部屋は敬遠されがちだが、泥棒に入られても被害は大したことはない。

いつか庭付きの一戸建てに住みたかったという夢を、少しばかり満足させられる庭だ。

「お父さん、窓開けてもいい？」

「ああ。今日はいい天気だから、部屋に風が入ると気持ちいいぞ」

休みの日に、サッシの溝に腰掛けて爪を切るのが好きだ。だらしないかもしれないが、普通なら新聞紙でも広げて、飛び散る爪を受け止めるようにするところを、ものぐさをして、庭に切った爪を飛ばせるのがいい。

「わぁ、コスモスがあんなに咲いてる」香織が子どものように声を上げる。

「毎年、放っておいても、この季節には咲くんだ」

特に手入れをする訳でもないので、雑草は伸び放題。それでも、秋口になるとコスモスが群れて咲く。その光景を気に入っている。今年も、薄いピンクの花が咲いた。

くるりと振り向いた香織が、テレビの脇に飾ってある写真を手にした。

「あれ、これってどこだったっけ？」

「なんだ、鬼怒川《きぬがわ》に旅行に行ったこと覚えてないのか？」

鬼怒川のライン下りをした際に、乗船を待つ河原で、身の丈くらいもある石にもたれ、幼稚園の年少だった香織を抱えて撮った一枚。ちょっと身体をくねらせるようにして私に身を預けた香織とのツーショット。一番のお気に入りだ。

「鬼怒川？　ああ、ううん、ごめん、覚えてない」

親子の思い出の共有というものはなかなか切ないものだ。こちらが大切に思っている風景と、子どもの記憶に残っているものが一致するとは限らない。

「そ、そうか。川を下る船に乗ったんだよ。お前は怖がってベソをかいてな。大丈夫だって言うのに、ずっとお父さんのここにしがみついたままだった」と、私は自分の内股の辺りを指差した。ふと、小さな香織が太腿《ふともも》にしがみつく感覚を思い出す。

「ふーん、そうだったっけ」

「大体、お前は人見知りがはげしくて。みんなが可愛《かわい》いとか言って近づいてくれても、お父さんの陰に隠れたりしてたんだ。学校に行くようになったら、いじめられないかって心配したよ」

「私、途中でおとなしい性格変えちゃったから、全然平気だったけどね」

香織は呟くようにそう言うと、手にしていた写真立てを元の場所に戻した。その物言いが少し引っ掛かった。思い過ごしだろうか。

「そう言えば、私、お父さんと写った写真って一枚も持ってないからなぁ」

そのはずだ。由美子は、そういうところは徹底していた。家を出る際に、私の写った写真はすべてアルバムに残し、あとは抜き取って行った。どこの家庭でも同じだろうが、父親は〝カメラマン〟の役目をするものだ。つまり、私の写った写真の枚数など、たかが知れている。

虫食い状態になったアルバムは、見ているだけでも切なくなるが、それでも時々、缶チューハイを片手に捲《めく》ることがある。

「じゃあ、お茶でもいれよう。それとも、紅茶か、コーヒーの方がいいか？」

「お茶でいいけど。私、やろうか？」

「いい。お客さんは、座ってなさい」私はソファを指差した。

私は台所に立って、出掛ける前に用意しておいた急須にお茶っ葉を入れると、ポットからお湯を注いだ。

「そうだ、何かつまみたかったら、お菓子もあるぞ。クッキーとかポテトチップスとか……」

昨日の夜、近所のコンビニで、手提げ袋いっぱいにスナック菓子を買い込んでおいた。

「やーね、遠足に行くんじゃないんだから。それに、もう、子どもじゃないのよ」香織は、声を上げて笑った。

私はお茶の入った茶碗を運び、ローテーブルの上に置いた。

「熱いぞ。気をつけなさい。で、由美……、いや、お母さんは、知ってるのか？

つまり、その……」

「今日、お父さんと会うこと？　ううん」香織は首を振った。

「そうだと思った」

「でも、大丈夫。今日は、デートだって言ってあるしね」

デートか。と、いうことは、そういう相手がいるという訳だな。

「彼氏がいるのか？」

「へへ、まぁね」何やら意味深な笑い方だ。

「ん？　なんだ、どうした？」

「さあ。まあ、おいおいね」

　お茶を啜りながら、時間の溝を埋めるように話をした。もっと、久し振りの親子の対面は気まずさもあって、相当ぎくしゃくとするものと覚悟していたが、意外とすんなり修復できているように思えた。長く離れ離れに暮らしていたというのに、これが血を分けた間柄ということなのだろうか。

香織は、私の知らない出来事を次々に話し始めた。

「転校は辛かったな。仲のいい子が、こっちにいっぱいいたし」

「中学に上がるとき、私、また名前が変わった。馴染《なじ》んでなかったから、呼ばれても気づかなくて、返事をしなかったからクラスの子に感じ悪いって思われて大変だったのよね」

「部活はずっとソフトボール。補欠だったけどね。でも、高校最後の試合で、代打に出てさ、センター前にヒット打ったんだよ。どん詰まりで手が痺れたけど、あれは嬉しかったなあ」

「でも、一番驚いたことと言えば、お母さんが再婚したことかな。だって、さんざん、お父さんとの結婚生活を愚痴ってたから」

香織はそう言って笑ってみせたが、年頃の女の子にとって、それはどういうものなのか心中を量る術がない。

離婚して、一年も経たない頃だった。由美子から電話があった。

――こっちで再婚することにしたの。

――再婚って、お前。

――お前って、気安く呼ばないで。

――ああ、すまん。そうだ、じゃあ、香織は、香織はどうなるんだ？

――一緒に住みますよ。

――一緒って、再婚相手の男もか。

――当たり前でしょ。私が結婚するってことは、父親になるってことだもの。

――おいおい。それってオレへの当てつけか？

――当てつけ？　自惚れないで。当てつけるような真似は、未練がある人のやることよ。

――そんなことはどうだっていい。ただ……。

――少なくとも、話だって厭な顔せず、ちゃんと聞いてくれる人。きっと、香織のいい父親になってくれるわ。

――何があっても父親はオレだけだ。冗談言うな。

――冗談なんか言いません。あ、それから、養育費の振り込みはもう要りません。だから、もう香織には会えないと思ってくださいね。

正直、毎月の養育費の支払いは負担になっていた。でも、それはたとえ遠く離れていようと、自分も娘を育てているという気持ちの最後の砦のようなものだった。

――おい、オレが香織に会う会わないっていうのは、金の問題じゃないだろう？　オレは香織の父親……。

――ホントに父親として、香織のしあわせを願うつもりなら、そっとしておいて。それが、あなたが果たせる唯一の責任なんだから。

片時も娘のことを忘れたことがないと言えば嘘になる。努めて思い出さないようにしていたところもあるし、あきらめなければならないことだと、自分に言い聞かせてきた。それが、由美子が言うように、娘のしあわせになるのなら……。

それでも、街でその年頃の女の子たちを見掛ければ、否応《いやおう》なく、香織はどうしているんだろうと気にかけずにはいられなかった。

「で、あっちのお父さんとの間に赤ちゃんができてさ。ひと回りも違う妹だよ。びっくりするよね」香織はおどけるように、目を丸くした。

自分の血をひいた子どもが生まれたとき、その義父は、香織を邪魔者扱いしなかったのだろうか？　辛く当たられたりしたのだろうか？　世間ではよく聞く話だ。

「それでどうだったんだ？」

「つまり、あっちの家に居づらくなったとか、他にも……」

「ああ、あっちのお父さんの態度が変わったかってこと？」

「ああ、まあ、そういうことかな」

「うーん。態度が変わったといえば変わった。なんていうか、血の繋がった娘が可愛いという気持ちを押し殺すみたいに、私と亜衣《あい》に同じように接しようとしてたかな。いや、私には甘く、亜衣に厳しくなっちゃってるかも。私は、別に、亜衣を可愛がってくれて構わなかったのに。かえって、意識されちゃった方がキツかったなあ。あからさまに、可愛がってくれた方が楽だったのに」

義父という男は、香織を大事にしてくれたのかもしれないと思った。が、それが余計に嫉妬させる。

「ねえ、お父さんは、ずっとひとりのまま？」

「ああ、ご覧の通りだな」

私も異性とのつきあいがなかった訳ではない。そして、再婚を考えなかった訳でもないが、結果的にバツイチのままひとり暮らしを続けている。再婚をするようなことでもあれば、もしかしたら、子どももできていたかもしれない。少なくとも家族の気配を感じる生活があったに違いなかった。

「再婚とかする気はなかったの？」

「ふっ」と私は鼻を小さく鳴らして「一度すれば充分だ」とうそぶいた。

「そうかもね。だけど、もっと年を取ったら、大変じゃない」

「寝たきりになるとか？」

「そうよ」

灯りの消えた部屋に帰ることや、ひとりで摂る侘しい食事にもすぐに慣れた。大病にでもかかれば入院すればいいと腹も括った。が、実際は、風邪くらいで寝込むときの方が「このまま衰弱とかして、孤独死というのは情けないなあ」などと、あれこれと弱気になって応えた。

「ま、そのときはそのときだな」

人間というのは、現実に降り掛かってこなければ、実際には分からないことだらけだ。介護されるようになる自分がイメージできないのも、そのひとつ。

「お、もう昼時だ。外に出て、何か食べるか？　この辺りは、結構、洒落《しゃれ》た店がたくさんあるからな」

とは言うものの、一度も足を踏み入れたことのない店ばかりだ。私のテリトリーは居酒屋が多い。イタリアンだのフレンチだのは不要だ。大体、そんなものをひとりで食ってもうまいはずもない。

「うーん、出掛けるの、億劫だな」

「じゃあ、寿司でも取るか？　近くに、ちらしのうまい寿司屋があってな」

「うん、それでいい」

取ったちらし寿司をつつきながら、ビールを飲むことにした。

冷蔵庫の中から冷えた缶ビールを取り出すと「お前は飲めるのか？」と娘にそれを見せた。

「うん。大好き」

「そうか。じゃあ、グラスだな。えーと、グラスは……」

普段はグラスなど使わない私だが、少しばかり浮き浮きした気分でふたつのグラスをテーブルへ運んだ。

缶のプルトップを引いて、先《ま》ずは娘のグラスに注ぐ。

「ありがとう」

続いて自分のグラスに注ごうとすると「はいはい、私が注いであげる」と、娘は私の手から缶を横取りした。

「はい、どーぞ」

「ああ、すまんな」

娘にお酌をしてもらえる日がくるなど、今日まで考えられなかったことだ。

「ああ、おいしい」

「ああ、うまいなあ」

もしも、離婚をせずに踏み止まっていたら、日常的にこんな光景があったのかもしれない。ひと味違ったビールのうまさに、今更ながら悔やんだ。

ちらし寿司を平らげて、もうひと缶開けながら、ふと思った。

「そうだ……。お前、仕事は何をやってるんだ?」

「病院の事務。受付なんかもやるけどね。私、おじいちゃん、おばあちゃんにウケがいいのよ」

成長した姿を目の当たりにしているのに、娘が一人前に働いていることがピンとこない。

「ふーん、お前が働くようになったなんてなあ」

「そんなに不思議なこと？　あ、そうだ。不思議だって言えば、お父さん、どうして吉祥寺に住もうと思ったの？　前のうちからは随分離れた街だし……」

「うん、ああ、たまたまだ。別に意味はない」

確かに吉祥寺に住んだのはたまたまだ。でも、部屋は中央線沿線で探そうと決めていた。香織の住む甲府と一本の線路で結ばれているからだ。

「ふーん、そう。たまたまなんだ……」その物言いに、私の心を見抜かれた気がした。

「なぁ、香織。お前は、お父さんに会いたくならなかったのか？　もっと早く電話してくれてもな」

ちょっと酔いが回ったせいで、つい本音が出てしまった。

「うん。それはね……。でも、あっちのお父さんのこともあったし」

「小遣いでもせびりに来てくれれば、それはそれで嬉しかったけどなぁ。お前、冷たいな」

図に乗って、そんなことまで口走ってしまった。

「それはお互い様よ。お父さんだって、ただの一度も会いに来てくれなかったじゃない」

別に私は責めるつもりじゃなかった。ただの願望だ。なのに、香織は、少しだけ気の強そうな目つきで言い返した。そういうときの顔は、由美子に似ている気がする。そんなところに、あいつのDNAが入り込まなくてもいいのに。

「いや、お父さんな……」と言い掛けて、次の言葉を飲み込んだ。今更、言い訳がましいことを言ったところでなんになるというのだ。

が、一度だけ、香織に会いに行こうとしたことはある。

あれは、離婚して二度目の冬。師走《しわす》に入った頃だったか。会社帰りに同僚と新宿の居酒屋に立ち寄った。大概、勤め人が寄り集まって、酒の肴《さかな》にすると言えば、上司に対する批判か、女房の悪口、それに子どもの話というのが相場だ。

「明日は娘の誕生日なんだ」

その中のひとりのひと言で、話題は上司の批判から子どものことへと移った。

私以外の者は、皆、家族と一緒に暮らしている。バブル経済の崩壊後の厳しい世の中ではあったが、それでも、皆、表面上はつつがなく家族との生活を維持している様子だった。

「うちの娘は、来年、小学校ですよ」

「こう背中からバーンとか抱きつかれるとたまらんです」

「それがいつか、女房みたいになっちまうのかと思うと、がっくりですね」

そんな会話に、私は口を挟むことができなかった。勿論《もちろん》、娘との思い出はたくさんある。しかし、なんとなく私は、その輪に加わる資格がないように思えて仕方なかった。黙って聞いているだけの私は、必然的に焼酎のグラスを口に運ぶ回数が増えた。

「あと、どれくらい、一緒に風呂に入ってくれるんですかねぇ」

「まぁ、精々、四、五年生くらいまでだな」

「うちなんか、小二だけど、この間一緒にお風呂に入ろうって言ったら、パパ、エッチって断られた」

ほんのたまにしか香織を風呂に入れることもなかったが、もっと一緒に入っておけばよかった。頭を締め付けるシャンプーハットが嫌いな香織の髪の毛を、無造作に洗って、泡が目に入ってしまい「目が痛い」と大泣きされたのは、一体いくつの頃だったろうか？

風呂から上がる前には、肩まで湯に浸かって、「イーチ、ニー、サーン……」

と数えた。私の知らぬ間に、十まで数えられるようになった娘を「凄いなぁ、凄いなぁ」と手放しで褒めた。

そんなことを思い返している間も、同僚たちの子ども話は続いた。

「うちは、来年、下のが七五三なんですよね。やっぱ、ドレスじゃなくて、着物ですよね」

「うちは、両方っすか。また、出費だなぁ」

「両方、着せたな」

「ばか、一生に何度もないんだから。それに後で文句言われるぞ。小さくても女には変わりないんだ。執念深いからな、やつらは」

香織の七五三のときは、デパートの美容院で着付けと化粧をしてもらい、近所の神社へ参った。白塗りの顔、紅で塗られちょこんとした唇、七五三で日本髪を結うために伸ばした髪、そして、淡いピンク地の着物。飴の入った袋を持った、そんな娘の晴れ姿にカメラのレンズを向けた。まだデジタルカメラも普及はしていない頃だ、一生に一度の一瞬を確実に捉えようとして、緊張したものだ。

次から次へと、同僚たちの会話に、思い出のページが捲られていった。

彼らには、この先、卒業式だの成人式だのという思い出が順調に増えていく。

それは、当たり前のように私も持っていたはずの思い出なのだ。それが、現実には、私には、たった十年の思い出しかないのだ。私は思い出の中で生きている香織しか知らない。きっと、これからもずっと……。そう思うと、酷く酔いが回る気分がした。

居酒屋を出て、同僚たちと別れた後だった。JR新宿駅の改札を入ったところで、どうしようもなく娘に会いたくなった。私は、そのまま最終の特急に乗り込んだ。普段は心の奥に押し込めた感情の蓋を、酔いが容易《たやす》く開けてしまった。

由美子の実家は、甲府市の外れにある。行ってしまえば、どうにかなるだろう。ところが、甲府駅に着く頃には、すっかり酔いも醒めてしまった。降り立ったホームを吹き抜ける風が一層、私を正気に戻す。

会えるはずもない。ホームの上にかかった廂《ひさし》の向こうで、甲府の月が蒼白い光を放っていた。私は身震いをしながら、改札の外へと出た。

宿を探す気になればできたかもしれなかった。が、結局、ファミレスで夜を明かした。ボックス席に身を沈めて、運ばれてきたコーヒーに一度も口を付けることなく、ただぼんやりと交差点の信号機を眺めていた。そして、東京に戻る始発に乗った。

車内の空気に包まれると、その暖かさとは反対の、寒さを持った悲しみや寂しさが、足下の方から駆け上がるようで、私はコートの襟を掻き合わせ、声を押し殺して泣いた。涙と鼻水が入り混じって口の中に入った。それは不甲斐なさという塩っぱい味がした。

以来、あんな惨めな思いを味わうくらいなら、いっそのこと、娘への思いは胸深くに沈めてしまおうと決めたのだ。


「で、お父さんに何か話があったんじゃないのか?」

折角、和《なご》み始めた雰囲気が壊れそうになって、私は慌てて話題を変えた。

「うーん、それなんだけどね、実は……」

「まさか、結婚じゃないだろうなあ」と、私は笑ってみせた。

最近は、結婚適齢期というものがなくなってしまったようだ。会社でも、三十《みそ》路《じ》半ばに差し掛かっても独身という社員ばかりだ。だから、ましてや二十五の香織が……。

「あ、お父さん、案外、勘がいいんだ」

「はあ」

「そう、結婚するの」

夫婦生活がうまくいかなかった両親を持った子どもは、概して結婚生活に希望を持てなくなるという新聞記事を読んだことがあったが、香織には無縁のようだった。喜ぶべきなのか、複雑だ。

しかし、こうあっさりと告げられたのでは、実感の湧きようがない。

普通の家庭なら、帰りが遅いとか、娘のデートに気を揉んだりするプロセスが目の前を通過するものだが、私にはなかったのだ。

「式は来月」

「えっ。もうすぐじゃないか」

ふと、タキシードを買わなくちゃならない、と思った。

「相手は？」

「甲府の人」

「年は？」

「三つ上」

「仕事は？　どんな感じのヤツなんだ？　大丈夫なのか？」私は矢継ぎ早に質問

をした。

「ちょっと、待ってよ、もうっ。質問攻めっていうか、取り調べされてるみたいな気分になっちゃうし」

「ああ、すまん。しかし……」

いくら離れていたとはいえ、いや、離れていたからこそ、いきなり結婚すると言われれば、あれこれと訊きたくなる。こんなダメ親父でも、実の父親だ。

「彼がね、お父さんにも報告した方がいいんじゃないかって言ってくれたの」

見知らぬ娘の結婚相手が、少しばかりいいヤツに思えた。

「私が、迷ってるふうだったから。お母さんは知らせる必要はないって言ってるし、それにあっちのお父さんのこともあるし……」

「そ、そうだな」

「本当はハワイ辺りで、仲のいい友だちと身内だけで、簡単に済ませたかったけど……」

身内だけか。私はその頭数には入れてもらえないのだろうか。

「お母さんに反対されちゃって。そういうことはちゃんとやるもんだって」

「親はそういうもんだろう。見栄も張りたいしな」

他人事のような言葉が、つい口をついた。いや、私の本音だ。

「でも、意外と結婚式って面倒くさいのよね。披露宴の段取りとか、席次とか、引き出物は何にするとか。私って、そういうことにこだわらないタイプだから
……」

「そうなのか」

「親への花束の贈呈とか、感謝の手紙まで朗読させられるのよ。ホント、恥ずかしいったらないわ」

「まあ、ひとつの儀式みたいなものだから」

「お父さん……」

香織は、改まって姿勢を正すと「ごめんね、お父さん。結婚の報告に来たのに……。やっぱり、式にお父さんは呼べない。ごめんね、ごめんね」と、何度も頭を下げた。

「香織、もう、いい。何もお前が謝ることじゃない」

結婚話を聞かされて「お父さんにも参列してほしい」と言ってもらえるのではないかという期待がなかった訳じゃない。しかし、ここまで育ててくれたのは義理の父親の方だ。いくら血の繋がりがあるとはいえ、実父というだけで、大きな

顔をして式に参列するというのは図々しい……と、頭では理解できるが。そうか。結婚式当日、花嫁の父の役は私に回ってこないのか。香織と腕を組み、バージンロードを一歩ずつ進み、祭壇前で待つ新郎に娘を託す儀式も、私の役目ではないのか。

ならば、せめて、教会から出てくるウエディングドレス姿の香織を密かに見に行くことはできるだろう。あるいは、披露宴会場のホテルのロビーの片隅から。しかし、それは、あまりに自分を惨めにさせるような気もする。

私は大きく息を吸い込むと「残念だけど、仕方ないだろう。お父さんは、東京の空の下で、お前を祝福することにするよ」と、精一杯の笑顔を作ってみせた。

「お前が、香織が、今日会いに来てくれただけで、いい思い出になった。この先、今日のことはここに大切にしまって生きるよ」と、私は自分の胸を軽く叩いた。

「お父さん、ひとつお願いがあるんだけど……」

「なんだ？　なんでも聞いてやるぞ」

「私って、昔から作文苦手だったじゃない」

「うん？」

「覚えてないかな？　小学校一年のとき、作文の宿題が出て、どうしても書けなくってさ。おなか痛いって仮病使って学校休もうとしたことあったでしょう。そうしたら、仮病だって分かってて、お父さんが手伝ってくれたじゃない」

「そんなこともあったかなあ……。それで？」

「ちょっと筋違いなのは承知なんだけど、私が書いた感謝の手紙、聞いてもらっておかしかったら直してくれるかな？」

「感謝の手紙をか？」

私は小さく息を吐いた。ほんの短い時間の間に、複雑な思いが頭の中を駆け巡った。それは残酷な罰ゲームのような気もする。一方で、式に出られないなら、僅かであっても、その雰囲気を味わってみたいという気もする。

負け惜しみかもしれないが、私が代役なのではなく、当日は〝あっちの父親〟が私の代役なのだと思えばいいじゃないか。

「そうか。じゃあ、練習につきあうかな」

「ありがとう」

香織は、ソファに置いたバッグの中から、真っ白な封筒を取り出すと立ち上がった。

「じゃあ、折角だから、お父さんもきちんとした姿勢で聞かなくちゃいけないな」

私はかいていたあぐらを正して正座をし、背筋を伸ばした。

「よし、いいぞ」

そう言うと私は目を閉じた。便箋が広がる音がした。

「本当のお父さんへ……」

うん？　本当のお父さん？　私は目を開けて、香織の顔を見上げた。

香織は、小さく咳払いをすると続けた。

「感謝の言葉。お父さんに会ってもいいものかどうか悩んだけど、結婚が決まってから、夜、ベッドに入ると思い出すのは、お父さんのことばかり。やっぱり、お父さんに会いたいっていう気持ちがずっとあったんだと思う。お母さんはお父さんのことを悪く言ってたけど、思い出の中にいるお父さんは優しかったから……」

予期せぬ言葉に、何か得体の知れない怪物に心臓を鷲摑みされたようで、きゅーっと胸が苦しくなった。

「仕事が忙しくて普段はあんまり遊んでもらえなかったけど、それでも休みの日には私につきあってくれたね。小さい頃、お父さんのおなかの上に乗って泳ぐ真似をするのが好きだった。いっぱいくすぐられて、涙が出るぐらい笑い転げた。そして最後はぎゅっと抱きしめてくれて、頬《ほ》っぺを擦り付けてきたね。ちょっと鬚《ひげ》がチクチクしたよ。小学校に入った年の夏、公園で自転車乗りを教えてくれた。私はヘタクソで、何度も転んだけど、お父さんは〝頑張れ、いいぞ、うまいぞ〟って励ましてくれた。うまく乗れたときは、髪の毛がくしゃくしゃになるくらい撫でて褒めてくれた。嬉しかったなあ。擦りむいた膝小僧にお父さんが手を当てて〝痛いの痛いの飛んでゆけ〟って言ってくれると、なんだか本当に痛くないような気がした。あの日、帰りに食べたソフトクリームはおいしかったね。……ありがとう、お父さん……」

時折、香織が声を詰まらせながら語る思い出のひとつひとつが、匂いや感触まで呼び覚ます。おんぶしたときの香織の重さ。細かくカールした髪の毛の匂い。柔らかな頬。私は正座の格好のまま項垂《うなだ》れた。目頭がどんどん熱くなる。

香織は少し洟《はな》を啜り上げ、気持ちを整えるように息を吸うと、再び手紙を読み始めた。

「……でも一度、ちゃんと恨み言を言っておきたかった。私は、お父さんとお母さんと三人で暮らしたかった。どうして、我慢してくれなかったのって……。最初の頃は恨んだ。ふたりが言い争いを始めると、本当に居たたまれなかった。自分の部屋に戻って隅っこで耳を塞いだ。目黒の家を出るとき、これでもう戻る場所がなくなってしまった、そう思うと怖くなった。新しいお父さんは、とても気遣ってくれたけど、妹が生まれたとき、ものすごく不安になった。お母さんまで、私のものじゃなくなってしまったと思ったから……。いい子でいないと、捨てられちゃうかもしれない。だから、無理してでも、いつも明るくしていようと思った。それでも寂しくて寂しくて、無性にお父さんに甘えたくなって、気づくと電車に飛び乗ったこともある。でも、お父さんの住所も分からなかったし、電話番号の書いてあるメモも忘れてきちゃったし、途中の八王子であきらめて引き返した……」

香織は声を震わせながら泣き始めた。思った以上に不憫な思いをさせた。寂しい思いをさせた。激しい後悔の念に包まれると、頬を伝った涙がポタポタと落ちた。

「私はお父さんのことが好きだった。ううん、今でも大好きだと思う。やっぱり私のお父さんはひとりだけ。お父さんがいてくれたから、私が生まれて、そして、彼に出会うこともできた……。なのに、結婚式に出てもらえない。本当にごめんなさい、私は、私は……」

香織は崩れるように、私の正面にしゃがみ込んで声を上げて泣いた。

「か、香織、も、もういい。分かってるから、もういい……」

「お父さん……」

私は香織の頭に手を伸ばすとそっと撫でた。

「ごめんな、本当にごめん。そ、それから、ありがとうな。お父さん、嬉しいよ。お父さんだけの最高の思い出になるよ。ああ、そうさ、いい手紙だった。どこも直すところなんてない。ああ、いい手紙……」

……涙と洟がいつぞやのように口に入った。ただそれは、あの時とは違って、どうしようもなく切なく痛く、そして微かに甘い味がした。

後出しジャンケン

「おねえちゃん、やっぱり、これって最高だわ」

ロールキャベツを口に運んだ妹のかえでが顔を綻ばせる。そんなときの表情は二十五歳の女性というより、女子高生のようだ。

私が作るロールキャベツは塩胡椒、コンソメや昆布だしを使って味を調えるものだ。トマトやケチャップは使わないので、スープは澄んでいる。

昔、亡くなった母がよく作ってくれたもので、レシピも何も教えてもらう間もなかったけど、記憶の中の味を頼りに、なんとかそれらしく作れるようになった。母の残してくれた我が家の味だ。大切にしたい。そんな気持ちを込めたロールキャベツに、きっとかえでは母の味を感じ取っているに違いない。美味《おい》しさの秘訣は母の想い出という隠し味なのだ。

一昨日《おととい》の晩、夕食を終えた後「最後の晩はロールキャベツが食べたいな」と妹からリクエストされた。

最後の晩という言い方は大袈裟過ぎるけど、ふたりの生活の節目であることに違いない。妹は明日、式を挙げる。

既に婚姻届を出し、町田に新居も借りたのに、挙式までは私と暮らすことにしたのだという。

「これからは、そう簡単に食べられなくなるから残念だけどさ」

「だから、教えてあげるって言ったのに、覚えようとしないんだから」

「作ってもらってこそ、美味しさ倍増ってもんじゃないのよ」

「まったく、あんたって子は……。そんな調子でよく結婚なんかできたもんだ。もっとも、ロールキャベツどころか、あんたの料理の腕前は酷いもんね」

料理の得手不得手は別として〝やるやらない〟となると、置かれた環境がいちばん影響するのだと思う。私にしても、本音を言えば、料理が好きではない。そういう立場になってしまったというのが正しい。かえでもこれからは、好き嫌いに関係なく、台所に立たねばならない、とは思うが……。

「祐司《ゆうじ》くんって、なんか可哀想だよねえ」

祐司はかえでの結婚相手だ。妹より二歳年上の二十七歳。ひょろひょろと背が高く、柔らかい喋り方をする。町田の駅前商店街にある歯科医院で、歯科助手と歯科技工士を務めるふたりは、そこで出会った。

「大丈夫。祐司は味覚音痴だから。あたしが作ったものはなんでも美味しいって食べるし」

まずい手料理を文句のひとつも言わずに食べることができるなんて、余程の人格者か愚か者だ。ただ、それが我慢や辛抱ではなく、人のよさや優しさという成分からできているのなら申し分ない。しかもずっと変わらないなら……。それにしても祐司は、すっかりかえでの尻に敷かれているようだ。

「へー、作ってあげたことあるんだ？」

「まあね、一応、カレーとか……」

「まさか、レトルトとかじゃないでしょうね」

妹はその問いには答えず「でも、買ってきたものを『これ、あたしが作った』って出しても、全然気づかずに食べるんだよね。しかも『美味しいっ』とか喜んじゃうくらいだから。ただ、そこまで鈍感だと、さすがにムカッとくるけど」と、唇を尖らせた。

「だったら、ちゃんと自分で作りなさいよ。……まあ、でも、確かにちょっと信じられないよね。それって味覚音痴というより、人としてどうかなって疑いたくなるけど」

　私は首を捻りながら半笑いだ。

「まあさ、料理のことはこれからおいおい覚えるし」

「料理だけじゃないでしょう。掃除もアイロン掛けも、それに……」

　そう言いかけると、私の顔をまじまじと見た。

「何？」

「あのさあ、思うんだけど、あたしたちの会話って、姉妹っていうより母と娘みたいな感じがしない？」

　六つ歳が離れているとはいえ、どう見ても母娘には見えない。ただ、妹がそう言うのも無理はない。

「みたい、じゃなくて、れっきとしたかえでの〝母親〟じゃない。それだけに、色々と心配なのよ」

「大丈夫だって、なんとかなるって」

「そうは思えないけど……。ほら、向こうのお母さんが出て来たときとか、呆れられないようにしてよ。あんたの〝母親〟として、私が大恥かくんだから。『やっぱり親がいないとだめなんだ』とか言われるのイヤだからね」

「知ってるでしょう？　祐司の実家、島根だって。そんなにちょいちょい出て来られるわけでもないし、少しの間なら、なんとか誤魔化せるって」

そのあっけらかんとした態度に驚かされ、溜息も出ない。

「あやしいもんだなあ……。あ、そういえば、祐司くんのお父さんお母さんって、ホントに式場で披露宴やらなくてもよかったのかなあ？」

小田急線新百合ヶ丘《しんゆりがおか》駅から程近い所に、瀟洒《しょうしゃ》なマンションがあり、その一階にレストランが入っている。芝生の敷かれた中庭にはプールもある。昔、両親と一緒に散歩をしていた途中で、垣根越しに何度か、花嫁姿を見たことがあるのだ。妹たちは、そこを借り切って、友人を中心にしたパーティーを開く。私たちにとって、両親との想い出の場所でもあるのだ。

「今更何言ってんのよ。勿論、それでいいって言ってくれたし。それに祐司も型通りの披露宴なんて面倒だって言ってる。友達に集まってもらうだけでいいじゃない。大体さ、うちは親戚も少ないし。人数的に向こうと釣り合いが取れないしさ。それと、呼びたくない親戚だっているじゃん」

かえでが顔を曇らせる。

「おねえちゃんだったら、呼びたい？　あの伯母さん」

父の兄、つまり伯父の連れ合いのことだ。

私はゆっくりと首を振ってみせた。

「で、しょう。あんなクソババアの顔なんて、二度と見たくないわ」

私たちは子どもの頃、伯父夫婦に預けられていたことがある。そのとき、伯母から受けた酷い仕打ちのせいで、妹は乱暴な言い方になるのだ。

もし、父や母が生きていたら、違った人生を歩んでいたに違いない。私はテレビ脇のチェストに置かれた写真立てに目をやった。二十年前の桃の節句に、お雛様をバックに一家四人で撮ったものだ。家族がみんな笑って写っている貴重な一枚。ささやかではあっても、私たち親子がしあわせだった証だ。でも、そんな暮らしが、突然消えてしまうなんて……。

「お父さんは、十一月から、しばらくの間、外国へお仕事に行かなきゃならないんだ」

そう聞かされたのは、私が十一歳、妹は五歳になったばかりの夏だった。

中東のカタールで液化天然ガスのプラントを造るために、父は単身赴任をすることになったのだ。仕事の内容を説明されても、子どもだった私にはなんのことやらさっぱり分からず、ただ遠い外国へ父が行ってしまうことくらいしか理解できなかった。

「ヤだ、あたしも一緒に行く」

お父さん子だったかえではそう言って駄々をこねた。

父が赴任する一ヶ月前、近所のポプラ並木が色づく頃、私たち家族は不幸に見舞われた。近所に買い物に出た母が交通事故に遭い、帰らぬ人となってしまったのだ。交差点で左折しようとした大型トラックに自転車ごと巻き込まれ、下敷きになってしまった。

学校で知らせを受け、担任の先生が病院まで送ってくれた。かえでも幼稚園の先生に連れて来られた。でも、すぐに母に会うことはできなかった。きっと惨《むご》い姿の母を見せられなかったのだろう。

先生に付き添われながら、私とかえでは病院の廊下の長椅子で、父が到着するのをじっと待っていた。妹はどうして病院に連れて来られたのか分からない様子で「ねえ、おねえちゃん、遊ぼ」と私にじゃれついた。そんなかえでを不安がらせてはいけないと、溢れそうになる涙を必死に押し止めた。

一時間、いや、父が駆けつけたのは、それからどれくらい後だっただろう。対面がようやく叶い、母の顔を見た。朝、ランドセルを背負った私に「あやめ、気をつけていってらっしゃい」と声を掛けてくれた母の変わり果てた姿に、私は大声を出して亡骸にすがって泣いた。

　人の脳には、悲しい記憶を曖昧にする装置があるのかもしれない。それからのことはあまりよく覚えていないのだ。

　通夜や葬儀の対応に追われた父とは満足に話もできず、私はかえでに付きっきりで過ごした。斎場で親戚や弔問客は一様に私たちを気遣った言葉を掛けてくれたけど、頷くのが精一杯だったような気がする。

　更に、私たち姉妹に次の試練が追い打ちをかけることになる。

「お父さんな、悩んだんだけど、やっぱりカタールへ行こうと思う。この仕事はお父さんがいないと他の人に迷惑がかかってしまうんだ。お前たちに淋しい思いをさせてしまうな、ホントにごめんな」

　母が亡くなった後、会社から帰宅した父の考え込む姿を何度も目の当たりにした。父は真面目な人だったので、仕事を放棄することができなかったのだろう。

「それで、お前たちは、お父さんが帰って来るまで、深谷《ふかや》の耕造《こうぞう》おじちゃんちに行ってほしいんだ」

耕造おじちゃんとは三人兄弟の父の長兄で、父とは十歳違いだ。実家を継いでいた。

きっと、親戚の大人たちが話し合った結果だったのだろう。通っていた小学校から転校するのは嫌だったし、慣れぬ土地や家での暮らしは不安だらけだ。何より、母の魂から遠ざかってしまう気がした。でも、子どもの私たちには選択の余地はなかった。

「二年くらいしたら、お父さん必ず戻って来るから。そうしたらまた一緒に暮らそう。それまで、おじちゃんとおばちゃんの言うことをよく聞いて、いい子で待っててくれよ」

父は旅立つ日、私たちの前に膝をついて私と妹を抱き寄せた。かえでは泣き出し、私も父にしがみついて離れなかった。

「父ちゃんが帰って来るまでのことだ。何も心配せずにうちにいればいい」

伯父はそう言いながら、私たちを父から引き離した。

「義姉《ねえ》さん、迷惑を掛けてすみません、この子たちをよろしくお願いします」

父は伯母に何度も頭を下げ、タクシーに乗り込んだ。

父を乗せたタクシーの後を追い掛けたが、みるみるとその姿は小さくなり、そして見えなくなった。

深谷の家は主にネギを生産する農家だったが、伯父は勤めにも出ていた。田舎の家は川崎のマンションとは比べ物にならないくらい広く、私たちは、昔、祖父母が使っていた奥座敷を与えられた。

父が旅立った晩、眠れぬまま布団の中で寝返りを打っていると、伯父夫婦の会話が襖《ふすま》を挟んだ居間から聞こえてきた。

「なんで、人んちの子どもの面倒見なきゃいけないんだろうねえ。とんだ貧乏くじだ」

伯母は私たちを歓迎してはいなかったのだ。

「決まった話を蒸し返すな」

伯父は声を潜めている様子だったが、伯母は特に気遣うふうでもなかった。

「決まったって、あたしは承知しなかったよ。そうやって、自分の兄弟にはいい顔するんだから」

「してねえだろう。大体、あんなことで母親を亡くしちまって、父親も外国じゃしょうがねえしな。それに、美知子《みちこ》さんの親戚は岩手だし、親も具合が悪いとあっちゃ、ここで預かるしかねえだろうが」

「そりゃあ、可哀想だとは思うけど。だからといって、そのお鉢があたしに回ってこなくてもねえ。あたしは乳母でも家政婦でもないんだから。それに、何かと入り用になるだろうし……」

「ん、なんだ、金の心配か。それなら、あの子たちの生活費は孝雄《たかお》が振り込んでくれる」

「お金の問題だけじゃないよ。生活費を渡されたってなんだって、世話するのはあたしだよ」

「いいじゃねえか。大体、お前は娘がほしかったんじゃないのか」

伯父夫婦には、東京と名古屋の大学に通うふたりの息子がいた。あまり帰省をしなかったので、従兄《いとこ》たちと顔を合わせるとすれば、盆と正月くらいのものだった。

「ばかだね、そんなことは昔の話。それに、ほしかったのは自分の娘のこと。あんたは血が繋がってるかもしれないけど、あたしは他人だから。大体、昔から行き来があったわけでもないしね。こんなときだけ……」

「もうこの話はなしだ。とにかく、孝雄が戻るまでの話だ。いいな」

最初から、そんな話を聞いてしまっては居心地がいいはずもない。

伯母は叩くなど、目につくことはしなかったが、底意地が悪いというのか、精神的なやり口で私たちを傷つけ始めた。

学校から戻り、喉が渇いたので、父が出発する前に買い置きしてくれていたジュースを飲もうとした私に「なんで勝手に冷蔵庫開けるんだい。ホント、意地きたないんだから」と怒鳴った。

「きたない手であちこち触らないのっ」

ちゃんと手洗いをしているのに、まるでバイ菌扱いだ。私や妹が念入りに手を洗うようになったのは、潔癖性というのではなく、そう言われ続けたトラウマのせいだ。

「おいおい、そんな言い方をしなくてもいいだろう」

伯父が窘めても伯母は「躾《しつけ》じゃないのよ。預かってる間に、子どもがだらしなくなったって言われたら、目も当てらんないからね。それとも四六時中、あんたが見張ってるかい」と言い返した。黙ってしまった伯父を見たとき、この人はアテにはならないと感じた。

そもそも、伯父と伯母の仲がうまくいっていないことくらい、すぐに察しがついた。朝食のときから、よく言い争いをし、傍でそれを聞かされている私は食事が喉を通らなかった。

そして、そんな日は憂さ晴らしをするように、伯母の怒りの矛先が私たちに向けられた。私たちにさんざん小言を言った後「美知子さんは一体どんな躾をしてきたんだろうね」と、母の悪口を付け加えた。また、これみよがしに、そんなことを誰かに電話で愚痴るのだ。

――下のはわけもなくグズグズ泣くし、上のは妙にいい子ぶっててさ。それが鼻についてイヤになるのよ。頼んでもいないのに掃除したり、それじゃあまるで、あたしが子どもをこき使ってるみたいじゃないか。

確かに、家事をしろと命令されたことはなかったが、そうするように仕向けるのだ。何もしなければ「お姫様みたいな生活ができていいねえ」と厭味を言われることになる。

なので、学校に行っている間は気が休まったが、先に幼稚園から戻ったかえでが伯母に意地悪をされていないかと気が気ではなく、折角仲良しになった友達からの遊びの誘いを断り、いつも急いで帰った。

かえでも相当辛い思いをした。

伯母はごはんを明らかに大盛りでついだ。

「たくさん、食べるんだよ」

一見、優しいようだが、もしも残すようなことがあれば「あんたたちが痩せたら、あたしが食べさせてないみたいに思われるじゃないか」と怒鳴った。私はなんとか食べ切ることができたけど、かえでにとっては苦行に近いものだったに違いない。空腹というのも辛いものだが、無理に食べさせられるというのも辛い。

ある晩、とうとうかえでは吐いてしまった。

それからというもの、かえでは私の布団の中に潜り込んで眠るようになった。

そして、しょっちゅう私の腕にしがみつきながら「お母さん」と、寝言とも、うわ言ともつかない声を発した。

かえでは母との想い出、いや母の温もりというものを私の半分しか知らない。

これは永遠に私の半分なのだ。その差を埋めてあげなければいけない……。私がかえでを守ってあげなければ、私がお母さんになってあげなければと、使命感のようなものを感じたのだ。

伯母にされた意地悪の中で、いちばんイヤだったのは、ジャンケンをさせられたことだった。

ある日、買い物から戻った伯母に呼ばれた。

「ほら、シュークリーム買ってきたよ」

いつになく機嫌がよさそうだったので、かえでと警戒するでもなく座敷の卓袱《ちゃぶ》台《だい》に着くと「あれえ、数を間違えちゃったねえ」と、伯母はなぜかニヤニヤと笑って言った。

自分の分はさっさと取り分けてから、私たちの前にひとつだけ残す。

「かえで、おねえちゃんと半分こしようか」

「うん」

私たちがそうしようとすると「だめだめ、シュークリームだから上手《うま》く半分に割れないじゃない」と私を制した。子どもながらに、そんな言い分が通用するはずがないと思った。

「じゃあさ、こうしよう。あやめちゃんとかえでちゃんでジャンケンして勝った方が全部食べるってことに」

たとえ上手に割れなくても、ぐちゃぐちゃになったとしても、当人同士が半分こを望んでいるのだ。そうしてくれれば済むこと。しかし、伯母は「はい、ジャンケンして」と譲らなかった。

「かえで食べていいよ。おねえちゃん、おなかいっぱいだし」

そんな嘘までついたのだが、伯母は「そんなインチキはだめ」と引かない。

仕方なく「じゃあ、ジャンケンしよう」と言うと、かえでは悲しそうな目をした。結局、かえでがグーを出し、私がチョキ。正直、負けてほっとした。

なぜ、そんなにジャンケンに執着したのかは分からないが、その後伯母は、時々思いついたようにジャンケンをさせるようになった。

「新しい洋服はどっちが買う？　はい、ジャンケン」「風呂掃除はどっち？　はい、ジャンケン」といった具合だ。その度に、私はわざと負けたのだ。伯母に見抜かれぬよう、その都度、本気で悔しがるふりをして……。

私たち姉妹にとって、そんな過酷な日々は二年間続いたのだった。だから、父が帰国して、迎えに来てくれたとき、晴れわたった空が一層輝いて見えたことを覚えている。

私は中学生、かえでは小学生になっていた。

私たちは川崎に戻った。別の街に住むという選択肢もあったが、以前通っていた小学校の友達と再会したい思いもあったし、何より母との想い出が残る場所に帰りたいと私が望んだのだ。

引っ越しをして間もない頃、父が会社帰りに土産《みやげ》を持って帰宅した。シュークリームだった。

「どうした？　あやめもかえでも、好きだったろう？」

喜ぶどころか、浮かない顔をした私たちに、父は不思議そうに尋ねた。頭の中で、あの日の記憶がフラッシュバックしたからだ。すると、自分でも驚くほどの涙が溢れてしまった。

「ど、どうした？」

父が慌てるのも無理はない。

私も妹も、伯母の仕打ちについて父に告げ口することはなかったのだ。でも、どうにも堪えられず、ついに洗いざらい話をした。

「そうか、そんなことが……。ごめんな。お父さんが悪かったな。ちゃんと気づいてやればよかったんだ。ホント、ごめんな」

伯父の家にいたとき、父はたまに国際電話を掛けてきてくれたけど、私たちは父に心配させまいとして、無理に明るく受け答えしていたのだ。

父は電話の子機を手にした。

——あ、もしもし、孝雄です。夜分にすみませんね。あ、もしかして寝てましたか、義姉さん。

え、伯母さんに電話してるの？

——留守中に、娘たちが随分と世話になって。今頃になって礼を言うのもなんだけど、ホントにありがとうございました。うちの近所に評判の洋菓子屋があって、シュークリームが美味《うま》いんですよ。今度、山程送りますよ。いえいえ、遠慮には及びません、じゃあ。

父は子機を少々荒っぽくホルダーに戻し、してやったりといったふうに笑った。穏やかな父の意外な一面を見た気もしたが、少し胸がすくような思いがしたのは言うまでもない。

父は相変わらず、忙しそうで、帰宅もほとんど私たちが寝入ってからだった。

また、海外赴任してしまうのではないかという不安もあったが、幸いにしてそういう話はなかった。

私が高校受験を控えた頃、近所に建った分譲マンションを購入し、そちらへ移り住んだ。３ＬＤＫの間取りで、姉妹とも個室を持つことになった。受験もあったが、年頃の私にとってプライバシーが守られる場所は嬉しかった。それはときとして、妹とけんかをした後、顔を合わせずに済むシェルターにもなった。

やがて、私は短大へ進み、卒業後は新宿にある繊維会社で事務職に就いた。

一方、高校生になってから、かえでは夜遊びを始めた。とはいえ、それは、ハンバーガーショップで友達と話し込むという他愛のないことで、グレて何か悪さをするというものではなかった。でも、私はついつい小言を言うようになる。

「いちいち煩《うるさ》いなあ」

「私はかえでの母親代わりなんだから」

「そんなこと頼んでないし」

「なんなのよ、その口の利き方。じゃあ、自分でお弁当作って持って行きなさいよ」

そう突き放したものの、翌朝にはきちんと弁当を作って持たせてやった。かえでは、そんな私の性格を知っているせいか、何事もなかったようにあっけらかんと「おねえちゃん、あたし、プチトマト嫌いだって知ってるくせに」と、礼を言うどころか、文句ばかり返してきた。

「あんたも少しはうちのことやりなさいよ」

「はいはい、やります」

かえでとの間で、家事の分担についての決め事をした。曜日毎に交代で食事を作る約束になっていたが、料理が苦手な妹は一ヶ月も保《も》たずに挫折。ならば、後片付けの皿洗いをと振り分けたものの、食後はテレビを観るか、ケータイをいじったままで、なかなか流しの前に立とうとはしなかった。結局、見兼ねた私が皿洗いをするハメになる。

そんな私の姿を尻目に「今からやろうと思ったのに」しゃあしゃあとそんなことを口走る。

さすがに頭にきて「いいかげんにしなさいよ。そんなことじゃお嫁になんか行けないからね」と怒鳴ると「いいもん、一生独りでいるから」と意に介さなかった。

ところが、その舌の根も乾かないうちに「あたし、早く結婚しようっと」などと言うのだった。

「ああ、ムリムリ。料理はダメで、掃除も洗濯もできない女なんて、どこの誰がもらってくれるっていうのよ」

「そういうタイプ探すから」

ああ言えばこう言う、かえでの減らず口に呆れながらも、私とは違う生き方に羨《うらや》ましさを感じていた。

そのくらいの小さな衝突はあっても、家族が肩を寄せ合う平穏な暮らしは続いていくものだと思っていたのに……。

「ちょっと病院へ行って来る」

あまり医者を頼ることがなかった父が体調不良を訴えた。後ろ姿が弱々しくなったなとは感じていた。

検査の結果、末期の胃ガンであることが分かった。実は、その二年前くらいから胃痛を感じていたようだった。しかし、忙しさに紛れ、検診を怠っていたのだ。

「お前たちの花嫁姿を見られないのは悔しいなあ」

痩せ細った父は掠れた声で呟きながら、横たわったベッドの上で涙をこぼした。

それから、ほとんど闘病する時間も与えられず、あっけなく父は母のもとに行ってしまった。

「ごちそうさまあ。ホントよく食べたわあ。見て、おなかパンパン」

ダイニングテーブルから居間のソファに移ると、身体を反らしながらかえでがおなかを摩った。

「そりゃあ、五個も食べれば、そうでしょうよ。あんた、明日、ドレスが入らなくなったらどうすんのよ」

そうからかいながらも、少し安堵した。伯母に無理矢理食べさせられたことが、手洗いと同様にトラウマになり、拒食症などということにでもなっていたら大変だった。

グラスに注いだ麦茶を運んで、私も妹の正面に座った。

「おねえちゃん、先にお嫁に行っちゃってごめんね」

「何よ今更。それに全然悪いなんて思ってないくせに」

そう言い返すと、かえではバレたかといったふうに笑顔を見せた。

「でもさ、ひとりで大丈夫？　淋しいとか、心細くなったりしない？」

「手の掛かる妹がいなくなってくれるんだもの、清々するわよ」

それは多少強がりというもので、きっとしばらくは部屋の広さや妹の気配のなさを淋しく思うはずだ。でも、時間が経てば慣れるだろうし……。

「ふーん、手間の掛かる妹ですみません。じゃあさ、今夜くらいはきちんと皿洗いをしようかな」と、かえでが立ち上がろうとした。

「いいわよ、私がやるから。明日、雪でも降ったら困るからね」

「降るわけないじゃん、六月だよ」

くだらないといったふうに、かえでは手を振った。

「ホント、いいから、かえでは明日の準備のチェックをしなさい。あれ忘れた、これ忘れたなんてことにならないように」

「そっちは大丈夫。準備オッケーだし。だから、あたしが洗う」

「いいって」

「もう、そういうとこ頑固なんだよね」

「大きなお世話」

「なんかおかしくない？　フツーさ、皿洗いなんて、そっちがやればって押しつけ合うもんじゃないの？」

　ぷっと噴き出すかえでにつられて私も笑った。

「じゃあさ、おねえちゃん、久しぶりにジャンケンで決めようか？」

　ジャンケンにいい想い出がないのは私だけなのだろうか。それとも、かえではまったく何も分かっていなかったのだろうか？

「イヤよ」

「だよねえ、おねえちゃん、昔っからジャンケン弱かったもんね。あたし、負けたことないもん」

　なんの屈託もなく、また妹は笑った。人の気も知らないで、まったく暢気《のんき》なものだ。

「勝ち負けの問題じゃなくって、つまり、ほら……」

　私が言葉を濁していると、かえでは顔を上げ、ゆっくりと吐き出した息の行方を確かめるように天井へ視線を向けた。そして私に視線を戻した。その顔はいつになく神妙なものだ。

「おねえちゃんさ、フツー、後出しすれば勝つんだよ」

「ん？」

「あたしが気づいてなかったとでも思ってる？」

「何が？」

「また、そうやってとぼける。昔、おねえちゃんがわざと負けてくれてたことだよ」

「ううん、そんな……」

「いくらおチビさんだったあたしだって、あれだけ勝ち続ければヘンだなって疑うよ」

そう気づいても何もおかしくはないか……。

「だって、小さい妹を差し置いて、おねえちゃんがズルして勝つわけにもいかないじゃない」

「うん、感謝してるよ。ただ、負け過ぎだけどね」

「そうね……。でも、もう遠い昔の話だし……」

「ううん、ジャンケンだけじゃなかったじゃない。おねえちゃんはいろんなことを譲ってくれた」

かえでが少し身を乗り出す。

「おねえちゃん、ごめんね」

「どうしちゃったのよ。かえでが謝るなんて、なんだか気味が悪い」

かえでの口から飛び出した詫びの言葉に面喰らった。

「おねえちゃん、ホントは四年制の大学に行きたかったんじゃないの？　まだお父さんも元気だったのに、それなのに自分の学費のこととか、マンションのローンや家計を気にして、あたしのために少しでも回そうって思って、それで短大にしたんじゃないの？　まったく心配性なんだから……。なのにさ、あたしは、服飾の専門学校へ行きたいとか言い出して、おまけに、全然、畑違いの歯科助手やってるし……」

「だからね、それは……」

「あたしは知ってる、おねえちゃんに好きな人がいて、でも、あたしがお嫁に行くまで、自分は結婚しないって決めてたこと。あたしだって、おねえちゃんの妹を二十五年もやってきたんだから、心の中だって見えるよ。あたしだって、全部じゃなくても、見えるんだよ。だって、おねえちゃんはそうする人だから。うん、全部じゃなくても、あたしがしっかり者なら、余計な心配なんてせずに、さっさと結婚してたかもしれないけど……」

学生の頃は恋人と呼べる人はいなかったけど、社会人になってからはつきあう相手がいなかったわけでもない。ただ、デートの最中、ふと〝あの子はご飯を食べたかしら〟などと頭に浮かんでしまうものだから、結局は楽しめなかった。きっと、どこか気のないように思われたのだろう。恋愛の綻びはそういうところから始まり、大概、続かなかった。

「そんなこと気にしてたの？」

「そりゃあ、気になるって。正直、そんな気持ちが重くて、反発したこともあるけど……」

私って、重い姉だったんだ……。一瞬、胸がチクリとした。

「もう、あたしのことは考えなくていいから、これからは自分の好きなことを我慢せずになんでもやりなよ。恋愛なんかもバンバンしちゃえばいいんだから」

「バンバンって……」

おかしくもあり、嬉しくもあり、複雑な心持ちになる。

「ごめんね。こんな頼りない妹で。おねえちゃんに今まで何ひとつ恩返しもできないで」

「恩返しなんてしてもらうつもりないし」

「おねえちゃんはさ、言いたいことを我慢するところがあるからね。そりゃあさ、小言は言ったよ。でも、肝心なことは言わない。妹のあたしにもさ」

「かえで……」

「これからはさ、なんでも言ってよ。こういうことって、もっと早くに言おうと思ってたけど、なんだかさ、言いそびれちゃったんだよね。でも、ちゃんと気持ちを伝えずに、祐司との新しい生活なんて始められないよ」

かえではソファから下りると改まって床の上に正座した。

「え、何よ？　どうしたの？」

「あたしさ、こういうのって柄じゃないって分かってるけど、やっぱ、けじめだからさ」

「けじめ？」

「おねえちゃん」

「あ、はい」

「あたしが好き勝手やってこられたのも、最後にはおねえちゃんが傍にいてくれるって甘えていたせい。けんかしても臍《へそ》を曲げても、いっつもおねえちゃんを頼りにしてた。おねえちゃん、今までこんなダメな妹のためにがんばってくれてありがとう。おねえちゃんは、あたしのために自分がしたいことも我慢して、あたしを自由にさせてくれた。死んじゃったお母さんとお父さんの分も、あたしにいっぱい愛情を注いでくれた。おんぶしてくれたことも、一緒に寝てくれたことも、全部、全部、感謝してます」

かえでは必死に言葉を紡《つむ》ぐ。照れ臭いが気持ちは充分伝わってくる。それだけに胸が痛い。と同時に、報われた気もして、その胸の奥の方から熱いものが溢れそうだ。

下瞼に水滴が溜まり始めて、慌てて人差し指で抑え込んだ。

「もういいから、やめてよ……」

「こんなこと、あたしも照れ臭いんだけど、でも、ちゃんと言っておかないと、今、言っておかないと後悔する気がして」

妹の顔に視線を向けると、目が潤んでいた。

かえでは丁寧に両手を揃えて床につくと「おねえちゃん、今日まで本当にありがとう。そして、これからもよろしくお願いします」と、深々と頭を下げた。

イブのクレヨン

十二月に入り、今年も娘の通う保育園の教室には天井に届きそうなほどのクリスマスツリーが飾られ、オーナメントが放つ金銀の輝きは園庭の隅からでもはっきりと見えた。

保育園は僕らが借りている部屋から徒歩でも七、八分程度の所にあり、朝は会社勤めをしている妻の里香子《りかこ》が娘を送り届け、帰りは自宅でイラストの仕事をしている僕が自転車を飛ばし迎えに行く。

午後六時、場合によってはそれ以上延長して子どもを預かってもらえる保育園は、共働き夫婦や少し訳ありの母親にとって心強い。もっとも、保育園側にも少子化の影響があり、保育時間延長というサービスでも考えなければ、なかなか子どもが集まらない事情もあると聞く。

定時のお迎えは他の親たちに混じり、決まってジャングルジムの所で、娘が教室から出てくるのを待つ。こんな生活がもう一年になる。

「パパーッ」

白い園章が刺繡《ししゅう》された紺色の帽子を被り、妻の編んだマフラーを首に巻きつけた娘のエリカが、迎えに来た私の姿を見つけると真っすぐに走って来た。いつものように私の太腿の辺りにその小さな両腕でぎゅっと抱きつき、くりっとした大粒の瞳で私を見上げる。

「エリカちゃん、ホントにお父さんのこと大好きなのね」

若い保母さんがにこやかに話しかける。

最近は父親が迎えに来るということも珍しい光景ではなくなったが、皆勤賞となるとさすがに僕くらいしかいないだろう。

「うん、エリカ、パパ大好きだもーん」

何の疑いもなく保母さんにそう答える娘の声は弾んでいた。

……娘には僕の血は流れていない。

エリカは里香子の連れ子で、妻と出会ったときエリカは一歳にも満たない赤ちゃんだった。そのことを娘は未だ知らない。いつかその事実を知ったときも、今日と同じような笑顔を僕に見せてくれるだろうか？

「パパ、今日、サンタさんの絵を描いた」

娘は丸めた画用紙を手提げバッグの中から出し、僕に手渡した。

画用紙一杯にクレヨンで描かれた赤い服のサンタは、クリスマスツリーの脇に立って笑っていた。五歳の子が描いたものにしてはしっかり描かれている。

「上手に描けてるでしょ？　お父さん、絵のお仕事されてるんですよね。やっぱり遺伝かしら？」

保母さんはそう言って僕を見た。別に悪気はない。我が家の事情を知らないのだから……。

実の子であれば「でしょう？　さすがに僕の血を引いている娘だ」と親ばかなコメントも出ようというものだが、絵は苦手だと言い切る里香子の言葉を思い出すと複雑な気分になる。

僕は答えを誤魔化すように微笑んで、軽く会釈をし頭を掻いた。

「サンタさんはパパの顔なんだよ、だってエリカ、サンタさんに会ったことないんだもの」

「そうか、でもパパもサンタさんの顔は知らないから」僕は娘の頭を撫でた。

サンタがもし存在しても、僕の所に訪れたことはない……。

自転車のうしろに娘を乗せ、保育園を後にすると、買い物客のために午後は車両通行止めとなる商店街を走った。師走の乾いた北風の匂いがする。

街灯を利用して、そこここに豆電球が飾りつけられ、店先の有線放送から、シャンシャンシャンという鈴の音が響き、流れる音楽は定番のクリスマスキャロルであったり、山下達郎の『クリスマス・イブ』であったりする。

「パパ、エリカんちも、早くクリスマスツリーを飾ろうよ」と娘がその小さなゆびさきで僕の脇腹を突く。

「そうだな、帰ったら飾ろう」

僕がクリスマスを苦手にしているとしても、この子に罪があるわけではない。食卓の脇にちょこんと置く程度のものでしかないが、クローゼットの棚から出して飾ろう。

「ツリーがなかったら、サンタさん迷子になっちゃうものね。そしたらプレゼント貰えない。そんなのエリカ、絶対いやだもん」

「プレゼントかぁ……」

僕は自転車を漕ぎながら苦笑した。

普通の人……おそらく、大半の人たちがこの季節にはわけもなく浮かれた気分になるのだろうが、僕は違う。イブを誕生日に持つというのに、クリスマスにはいい想い出がない。と、いうよりも、クリスマスが近づくと何か悪いことが起きるものだと覚悟するようになった。

僕をイブの晩にこの世へと送り出したのは、神様の何かの手違いではないか、いや僕そのものが失敗作ではないか……。

去年の暮れ、仕事を辞めた。別に好き好んで辞めたわけではない。お客のクレームに端を発し、僕が責任を負わされる形になった。

僕は池袋にあるデパートに出店しているメンズブランドのショップで店長を務めていた。

店内にクリスマスツリーが設置された頃だった……。

昼食を済ませショップに戻ると、男の怒鳴り声が聞こえてきた。

「いいから、責任者を出せ」

ショップの女子スタッフが僕を見つけると蒼ざめた表情で駆け寄って来た。

「店長……」

そのスタッフが送る視線の先には、歳の頃なら四十半ばといった妙に日に焼けた顔の男が別のスタッフ相手にわめき散らしていた。見覚えがないので、お得意様ではないことはすぐに分かったが……。

その男に近づき「お客様」と声を掛けると、一瞬怒鳴るのを止め「あん、何だお前は?」と低い声で凄んだ。

「私、店長をしております沢口《さわぐち》と申します」

「責任者か?」

「はい」

「ふん、そうか」と男はブランドロゴの入った綿パンを僕の鼻先に突き出した。

「一ヶ月くらい前にお前んとこで、このズボンを買ったんだよ。見てみろ、裾が長いんだよ」

十年以上の経験はあったが、見てみろと言われて、それだけで判断ができるわけではない。

「はい。申し訳ありません」

「申し訳ありませんで済むか、コノヤロー。ゴルフに穿いてったら、いちいち気になって、大叩きしちまったじゃねぇか。仲間と握ってたんだ、お陰でひとり負けだ。どうしてくれるんだ?」

妙な日焼けはゴルフのせいか……。それにしても、思いも寄らないクレームのつけ方があるものだと、呆れながらも感心してしまった。

お直しの場合、いくら預かり伝票があっても、結局は「それでいい」と言った言わないの水掛け論になる。仮に股下のサイズをちゃんと計ったとしても、そちらの計り間違いだと反論されればお手上げだ。理不尽だが客商売というものはそういうものだ。

「本当に申し訳ありませんでした。新しい物をご用意いたしますので、ご容赦願えませんでしょうか？」

僕は深々と頭を下げ詫びた。通常なら現物の直しを先に提案して、相手の出方を窺うのも手ではあったが、正直、面倒な気持ちがあった。自腹を切っても、それで処理できるならいいと判断した。

「新品だ？　そんなのはあたりめぇじゃねぇか。あん、迷惑料も出せ」

クレーマーの中には、こちらが下手に出るとつけあがり、更に自分の怒りに酔ってしまい無理難題を言い出すタイプがいるが、いずれにせよ、迷惑料までは払えない。そんな前例を作っては後々まで響く。

「お客様、それは、ちょっと……」

僕がそう言いかけた瞬間、男の手が僕の方へ伸びてくるのが分かった。咄嗟に身をかわすと、男はバランスを崩しレジカウンターに胸を打ちつけた。

「痛えな、コノヤロー。客にケガさせるってのはどういうことだっ」

僕は平謝りに謝ったが、男はもう手がつけられないほどの大声でわめき始めた。間もなく騒ぎを聞きつけたデパート側の人間が数名駆けつけ、男を宥《なだ》めながら別室へと連れて行こうとした。

僕も彼らの後に続こうとしたが「こちらでやるから、君はいい」と断られた。翌日、青山にある統括本部に呼び出され、担当の取締役から一方的に叱責された。

デパート側がどんな処理をしたのかは知らないが、結局のところ、僕の対応の拙《まず》さで大事《おおごと》になってしまったという判断らしい。本部《うえ》にしてみれば、デパートとの関係を悪化させたくない気持ちが働くのも無理はない。

半月後、再び本部に呼び出され、翌年の春には撤退が決まっている札幌の店舗へ移れと告げられた。あからさまな嫌がらせにしか思えなかった。

「クビにならないだけでも、有り難いと思え」担当取締役はそう言ってしかめっ面をした。

「そうですか、ならば辞めさせていただきます」と、つい啖呵《たんか》を切ってしまった。

およそ納得のいく処分ではなかった。とはいえ、今思えば後先を考えず、少々軽はずみな結論を出してしまった。

たかが数センチの裾上げのトラブルで僕は職を失った。笑うに笑えないお粗末な結末だった。

その日、里香子に何と説明しようかと、帰りの電車の中で思案し、マンションの前を通り過ぎ、町内を何周したか忘れるほど師走の夕暮れの街を歩いた。

ところが、意を決して帰宅し事情を説明すると「辞めちゃって正解よ。社員を庇ってもくれない会社なんて忠誠を尽くすだけ無駄」と里香子はあっさりと言い放った。安心するはずの言葉がどこか潔すぎて不安になった。里香子は本当に度胸がある……。

「明日から職探しをするよ。まぁ時期的に、そんなに簡単には見つからないかもしれないけど……」

僕はテレビアニメを観ている娘の背中に目を向けながらそう言った。

「ねぇ」

「うん?」

里香子の声に視線を戻すと、妻は意外な提案をした。

「ねぇ、どうせならプロのイラストレーターを目指すっていうのもいいんじゃない？」

僕は被服の専門学校を卒業した。多くの生徒は将来、デザイナーになることに憧れていたようだが、自分にはそれだけの才能がないと判断していたし、服のデザインをするよりも単に絵を描く方が好きだった。

結婚した後、雑誌の編集プロダクションにいる先輩と偶然街で出くわし「沢口、イラスト描くの巧かったよな、お前、バイトしてみるか？」と誘われ、雑誌にイラストを描くようになった。一点描いて数千円というお駄賃程度のギャラだが、素人《しろうと》としてはギャラの問題ではなく、何より接客で溜まった鬱積を解消するには、いい気分転換になっていた。

「おいおい、それこそ簡単な話じゃない。オレ、三十五だぞ」

「やりたいことをやるのに年齢は関係ないじゃない。100m走で、オリンピック目指すって言ったら、さすがの私も止めるけど、ふふふ……」

「でもなぁ……。それじゃあ暮らしていけないぞ」

「貯金だって少しはあるし、今すぐは困らないわ……」と一旦、言葉を区切ると

「それにね、昔のボスが職場復帰しないかってメールをくれたのよ」と里香子は

続けた。

里香子は、以前、外資系のソフトウェア会社に勤めていた。そこで取引先の人間と不倫関係になり、エリカを身籠った。外資系の会社らしく、シングルマザーをとやかく言うような雰囲気はなかったらしいが、出産そのものと仕事は、いくらスーパーウーマンだったとしても、たったひとりの力で両立させることは難しい。

「これでも私、有能だったのよ。仕事はできたんだから。男では躓《つまず》いたけどね。あ、それは知ってるか？　ははは」

里香子の長所なのかもしれない。その明るい笑い声は、些細な痛みや悲しみなら、まぁどうってことないか、と思わせてしまう不思議な響きがある。

「今度はね、私が働く番。そういう平等っていうのもいいじゃない」

里香子はもっと早く仕事に復帰したかったのだろう。でも「もうちょっとエリカが大きくなるまで、エリカの傍にいてやってくれ」と僕から頼み、里香子は納得してくれていた。

「うーん、そうね、三年、三年だけ、猶予を与えてあげるわ」

「猶予って……。随分と偉そうに出たな、ははは」

「それでプロとしてやっていけなかったら、別の仕事を探せばいいじゃない？」

「里香子の申し出は有り難いが、やっぱり無理だ。エリカのこともあるし」

「会社には託児ルームもあるから、エリカは連れて行ってもいいし」

「いや、保育園の方が友だちもできるし、楽しいだろう……。な、そう考えると、やっぱり……」

僕はどうしても積極的な気持ちになれずにいた。それは里香子が働きに出ることが嫌なわけでもなく、エリカを心配してのことでもなかった。つまり、僕の自信の無さからくるものだった。

「先のことなんて、誰も分からないんだし」

「……」

「ねぇ、私、専門家じゃないから、よく分からないけど、好きよ、あなたの絵って……。だから、描いてほしいんだなぁ、あなたに」

里香子は、テレビの横に飾られた小さな額縁に目を向けた。そこには母子のスケッチ画があった。

……あの日、絵を描かなかったら、里香子とエリカに出会うこともなかった。

昔から、僕の唯一の気晴らしは、スケッチをすることで、特に人物を描くことが好きだった。いつも鞄の中に小さめのスケッチブックを忍ばせ、気が向くと取り出しては絵を描き始める。

五年前……。線路脇にたんぽぽの花が咲いている季節だった。

あの頃は、今とは別の私鉄沿線に住んでいて、休みの日には井の頭公園へふらりと出掛け、そこでスケッチをよくした。

その帰りの電車の中で、ふと顔を上げると、前の座席に赤ちゃんを抱えた若い母親が座っていた。

赤ちゃんは、ふくよかな母親の胸に頰を載せ、すやすやと眠っていた。あまりにもしあわせそうな光景に一瞬みとれた。

僕はいつものように、その母子をスケッチし始めた。とはいえ、いちいち「描いてもいいですか？」と断りを入れて描くわけではない。人聞きの悪い言い方だが、つまりは盗み見をしながらペン先を走らせるということだ。

やがて電車は地元駅に滑り込んだ。慌てながらスケッチブックを鞄に仕舞い、降りる支度をすると、その母親も座席を立ち、ベビーカーを持った。

……同じ街に住んでいるのか？

ホームから改札へ続く階段へと向かい始めると、右腕の肘を誰かにぐいっと掴まれた。驚いてその手を視線で辿ると、ベビーカーを押すさっきの女性が立っていた。

「は？」

「さっき、チラチラ見てたでしょ？」

僕はてっきり文句を言われるものだと息を呑んだ。

「ええ……はぁ、その……」

まるで痴漢行為を咎められるような気分だった。

「ちょっと見せてほしいの」

「え？」

「何、ダジャレ言ってるの？　〝え？〟じゃなくて〝絵〟よ、ねぇ、さっき絵を描いてたでしょ？」

「ああ……」

僕はほっとした。

鞄の中から、スケッチブックを取り出すと、彼女にそれを渡して見せた。

「ふーん、上手ね。でも、これ完成してないわよね？」

彼女の言うように、スケッチは完成にはほど遠いものだった。

「ねぇ、これ最後まで描くの？」

「え？　まぁ……」

「そう。じゃあ、完成したら、これ貰えるかしら？」

僕は成り行き上「いいですよ」と答えてしまった。

「よかった。じゃあ、できあがったら連絡ちょうだい。私の……」

戸惑う僕などお構いなしといった感じで、彼女は次々に段取りを決め、スケッチブックの白紙部分に数字を書き込んだ。携帯電話の番号であることはすぐに理解できた。

その晩早速、スケッチに手を入れ、仕上げに水性絵の具で薄く色をつけ、母子の絵を完成させた。

完成させたまではよかったが、いざ連絡をする段になって躊躇した。理由は単純で、そのときは里香子を人妻であると思っていたからだ。勝手に後ろめたさを感じていた。

結局、彼女に電話したのは、それから一週間後だった。

里香子は近所の公園を待ち合わせ場所に指定し、僕が休みの日に会うことになった。

彼女はジーンズに白いシャツというラフな格好で、ベビーカーを押しながら現れた。

「あ、これ、約束の……」

僕が完成した絵を渡すと里香子は「うーん、素敵ね。何より私が美人なのがいいわ」と微笑んだ。

「なんか、こんなところを他人に見られると誤解されないかな？　その、つまり……」

僕はつい気になって、周囲を見渡しながらそう訊いた。

公園内には、同じような母子のグループがいて、お喋りをしていた。

「え？　ああ……」

里香子は僕の質問の意味がすぐに分かったらしく「仲のいい親子三人に見えるんじゃない。でも大丈夫、私、独身だから」と笑った。

「独身……なんだ……」

そう聞いて、嬉しく感じたのは僕の中にはっきりと里香子に対して好意があった証拠だったのだろう。

その後は、彼女が一方的に自分の身の上話を喋り、僕は聞き役に回った。

「妊娠したときに、男の器の大きさって分かるものなのね。私は奥さんと別れてくれって言ったこともなかったし……。仕事ができて頼りがいのある人だと思ってたんだけど……。ま、私に見る目がなかったっていうことよね」と里香子は日差しの降り注ぐ公園のベンチで他人事のように喋り、また笑った。

「ただね、親には勘当されちゃった。特に父親の剣幕は凄かった。世間体の悪さと、私が父の出世の道具にならなかったから怒ったっていうところもあるんだけど……」

彼女の実家は埼玉西部の市にあり、父親は長年、市議を務めているという。

「県議の息子との縁談話もあったらしいのよ。それなのに不倫の果てに子どもを産むなんてことは許し難かったんでしょ。二度とうちの敷居を跨ぐなって怒鳴られてから、一度も顔、ううん、声も聞いてない。別にいいんだけどね、父なんて……。ただ母には悪いことをしたなって。父に内緒で電話もくれるけど、なんせ、父は家庭内では暴君だから、母は父の言いなりってところがあるし……。悔いなんてないわよ……なーんて、強がり。後悔ばっかり、でもね、仕方ないし。今はプータローで、貯金を切り崩しての生活だけど、もう少し経ったら、この子のために頑張らなくちゃ」

ベビーカーで眠っていた赤ちゃんが目を覚まし、大きなあくびをした。顔を近づけ、僕が人差し指を伸ばすと、赤ちゃんはそれを小さな手のひらで包んだ。その手のひらから、何か物悲しいような切ないような、それでいて例えようのないほどの温もりが僕の心の芯へのぼってくるのを感じた。

今思えば、エリカの手のひらの温もりが僕ら三人を、決定的に結びつけたのかもしれない。

間もなく、式も挙げず婚姻届を区役所に出しただけで僕らの生活は始まった。

里香子の父親にすれば、不倫、出産の挙げ句、どこの馬の骨とも分からぬ男に娘を持って行かれたとなっては、一層の怒りがあるだろう。

「オレは天涯孤独みたいなものだから、誰かにうるさく言われることもないけど、里香子のお父さん、益々、世間体が悪いよな」僕は入籍した晩「すまない」と謝った。

「あなたが、謝る必要はないわ」

……早いものだ。あれから五年の月日が過ぎてしまったなんて。

風呂上がりの濡れた髪をバスタオルで拭きながら、里香子は冷蔵庫から缶ビールを取り出し「ねぇつきあわない？」と僕に缶ビールを軽く振ってみせた。

僕はイラストを描く手を止め「じゃあ、少し休憩だ」とペンを放し、部屋の片隅に置いたデスクからダイニングテーブルへ移動した。

「今晩の麻婆茄子《マーボーなす》、美味《おい》しかったわよ。一段と料理の腕を上げたんじゃない？」

里香子の帰宅が遅くなるときは、僕が料理を作る。元々、一人暮らしが長かったせいもあるし、ひとりで外食するのは嫌いだったので、仕事で遅くなっても自炊する習慣はあった。結婚して、里香子に任せていたが、この一年で料理のコツを思い出した。もっとも、エリカ用の食事には戸惑うこともあるが、意外と新鮮な感覚もある。

「料理の腕が上がってもなぁ……。もっともっと絵の方が売れなくちゃなぁ」

「正直言って、そんなに仕事なんてこないと思ってたけど、ま、とりあえず順調ってところじゃない？　ほら、先月載った女性誌のイラスト、会社のみんなに自慢しちゃった、これうちの旦那が描いてるって」

「おいおい、恥ずかしいからやめてくれよ」

　里香子が言うほど、順調という言い方はあてはまらないと思うが、例の編集プロダクションにいる先輩が親身になって仕事先を紹介してくれたお陰で、出版社や広告代理店からの細かな仕事の発注はある。つくづくこの世の中で大切なのは人との繋がりなのだと思った。

「あ、そうだ、プレゼントって何がほしい？」

　里香子はテーブルに身を乗り出して僕にそう訊いた。

「いや、別にいらないよ……」

「遠慮しなくてもいいわよ、どうせ高いものなんてあげられないんだし。あ、そうだ、12色のクレヨンとか、どう？」

「うん？」

「お母さんから初めて貰ったクリスマスプレゼントって、クレヨンだったんでしょ？　あ、誕生日プレゼントだったっけ？」

「え、なんでそんなこと知ってるんだ？」

「いやねぇ、忘れちゃったの？　昔、あなたが教えてくれたんじゃない……。あなたはお母さんのこと、あまり良くは言わないけど、そのクレヨンは宝物みたいに大事にしてたって……」

余計なことを喋ったものだと少し気が重くなった。

里香子はカラになったビールの缶を持って椅子を立つと、流し台脇にある分別式のゴミ箱にそれを落とした。

「……ねぇ、お母さんに会いたくない？」里香子は振り向かずにそう尋ねてきた。

「あの人はオレを捨てたんだから……」

「でも、忘れたわけじゃないでしょう？」

里香子はゆっくりとこちらを向きながら「あなたは憎むことでお母さんを心に留めようとしているんじゃないかって、私にはそう思えるのよ。……ねぇ違う？本当はお母さんに会いたいんじゃないの？」と真っすぐに僕を見た。

「……」

僕は言葉を失いながら、頭の中であまり思い出したくはない記憶を掘りおこしていた。

幼い日の想い出は、美しいものは一層美化され、反対に厭なものは更に劣化し醜いものになるかのどちらかだ。母の想い出は劣化し、粗末な色の場面しか残っていない。

もっとも、その想い出とやらが事実だったのかも今ではあやしい。後に誰かから聞かされた物語を、あたかも経験したことのように胸に刻むこともある。僕も親に関することはそういうものが多いような気がする。

母は千葉の外房にある小さな田舎町で生まれ育った。父も同じ町に住んでいたようだったが、元々は別の土地の人で、町内に身寄りはなかったと聞く。父は普段はおとなしい人だったらしいが、酒癖が悪く酔うと暴れ、呑んでいた店に随分と迷惑をかけたようだ。近所の人たちからも疎《うと》まれていたらしい。経緯は知らないが、ふたりは所帯を持つ約束をした。が、母の両親は父の酒癖を嫌い、反対したようだ。

ふたりは、ほとんど駆け落ちに近い状態で東京へと出た。そして間もなく僕が生まれた。医療器具の営業に就いていた父は、会社のライトバンを飲酒運転し、橋の欄干に激突させ即死したという話だ。僕が二歳の頃の事故だ。父のことを愚かだとは思うが、顔も覚えていない分、その死自体を悲しむ術がない。

母の想い出にしても、朧《おぼろ》げながら思い出せるのは、四、五歳の頃のものだけだ。

その頃、赤羽にある定食屋の二階の一室に住み込んでいた。夏は西陽が当たりうだるように暑く、冬は凍えるほど寒さの厳しい部屋だった。

定食屋は夜も開いていたので、僕は長い間、ひとり部屋に残された。淋しくて内階段を通じて店に降りて行くと、雇い主の女将にこっぴどく叱られた。

いつしか淋しさを紛らすためにチラシの裏に絵を描いて過ごすようになった。五歳のときのクリスマスだったか、僕は母にクレヨンを買ってほしいと頼み込んだ。僕はそのクレヨンで母の似顔絵ばかり毎日描いた。その絵を部屋中にセロハンテープで貼っておくと、ひとりでも淋しくないと思った。いや思い込みたかったのかもしれない。

それからしばらく経った冬、僕は突然、千葉の祖父母の家に初めて連れて行かれた。朝、目覚めると、母の姿はどこにもなく、薄着のまま飛び出し、泣きながら家の周りを走り母を探した。

大人たちの間でどういう話し合いが持たれたのか知らないが、祖父が「今日から、正洋《まさひろ》はうちの子だ」と言った。

あの日、母だけでなく、大切にしていたクレヨンも行方が分からなくなった。

祖父母は小さな雑貨店を営んでいた。そこには伯父夫婦とふたりの従兄弟たちが同居していた。

普段は露骨に口に出さなくとも、伯父夫婦は僕の存在を快く思っていなかったはずだ。

あれは僕が小学五年生になった頃だったろうか。晩酌をしながら伯父が「ばかな男と勝手に所帯持って、旦那には死なれ、再婚する相手にガキはいらねぇって言われたからって、子ども預かれっていうんだから、冨美子《ふみこ》のヤツ……。正洋、お前は、冨美子に捨てられちまったんだ」と忌々《いまいま》しそうに言った。

いつか母が迎えに来てくれるだろうと淡い期待があっただけに、やはり傷ついた。

結局、その後も母から便りもなく、高校卒業まで、あの家で暮らした。

そして僕が就職した後、祖父母が相次いで他界し、あの家とも縁が薄くなった。

伯父夫婦は健在と聞くが、今では店も従兄弟の代に替わり、コンビニへとその姿を変えたらしい。

僕にとって家族は、里香子とエリカだけになった……。

「ねぇ……」

里香子の問いかけに、記憶の世界から呼び戻された。

「うん？」

「エリカ、クリスマスプレゼントに何がほしいか知ってる？」

「それなら、ワンちゃんのぬいぐるみだろう？」

「それは第二候補よ」

「じゃあ、一番目は？」

里香子は正面の椅子に座り直して「この間〝エリカ、妹がほしいな〟って言われちゃった」と微笑んだ。

母の話題から逸《そ》れたと思い幾分ほっとしたのに、その話題も重く感じられた。

「だけど……」

「ねぇ、ちょっと聞いて」と里香子は僕の言葉を遮った。

「あなたと出会えてよかったと思ってる。本当よ。エリカのことだって、そこいらへんの父親よりよっぽど父親らしく可愛がってくれる」

和室の布団の上で静かに寝息を立てる娘に里香子は視線を送った。僕もそれにつられるように振り向いた。

「エリカはいい子だよ。本当に可愛い、いや可愛くて仕方ない」

「うん……」

里香子はゆっくりと息を吐き「私、やっぱりあなたとの子どもがほしいわ」と、これまでにも幾度か交わされたことを口にした。

「……ううん」

僕は里香子との間に子どもをもうけることを躊躇していた。エリカへの気持ちが変わってしまうのではないか、そんな不安が心の奥底に横たわっている。

「あなたがエリカのことを気にかけてくれるのは有り難いけど、考え過ぎよ。あなたは、それで態度が豹変するようなタイプじゃない。いくら、男を見る目がないっていっても、それは分かる。ううん、私だから分かるのよ」

「ガキはいらない」と男に言われれば、実の子でさえ捨てる母の血が僕には流れている。その事実が恐ろしい。

「もしもお母さんのことが影響しているなら、そのわだかまりを解いた方がいいと思うの」

もう三十年も前のことだ。とっくに他人になっている。連絡先だって知らない。そのまま話を続けると、またこの季節が嫌いになりそうで「さて、仕事を仕上げるか」と、僕は一方的に席を立ちデスクに向かった。

里香子は「もう」と呟いただけで、深追いはしてこなかった……。

あの晩以降、里香子から母の話題が出ることもなく今年もイブが訪れた……。

週末と重なって会社が休みの里香子は、朝からローストチキンを仕込み、エリカと僕は部屋中をお手製の飾りで彩った。エリカはずっと『ジングルベル』を口ずさみながらぴょんぴょんと辺りを跳ね回っていた。

午後、三人揃って商店街にある洋菓子屋へと注文していたケーキを受け取りに出掛けた。

里香子が気を遣ってくれ、ケーキの上に『メリークリスマス』と『ハッピーバースデイ・パパ』とチョコレートで描かれた文字があった。

帰り道で、両側からエリカの手を僕と里香子で繋ぎ、エリカを宙に浮かせる。エリカが「きゃはは」と嬉しそうな声を発する。僕がずっと昔から欲し続けたものを、里香子とエリカが満たす。こんなしあわせな時間ならこのまま止まってくれないものかと思った。

部屋に戻ってからクリスマスパーティーの準備を再開した。

金色のフサのついたトンガリ帽子、クラッカー、三脚にセットしたビデオカメラ……エリカには想い出を形にして残してあげたい。

ダイニングテーブルにも皿やフォークが並んだ。

「さぁ、我が家のパーティーは午後六時スタートです」

料理の支度を終えた里香子がエプロンを外しながらそう言うと「はーい」とエリカが右手を高く挙げて応えた。

窓の外はすっかり夕闇に変わり、東京の空に一番星が見えた。

「あ、そうだ」

里香子は急に何かを思い出したように、自分の仕事用のバッグから手提げつきの紙袋を取り出し、僕に差し出した。

「はい、これはお誕生日プレゼント」

「いいなぁ」エリカがすかさず羨ましそうな声を上げる。

「これは、パパの誕生日プレゼント。エリカのプレゼントは今晩、サンタさんが持って来てくれるんでしょう？」

だが既に、サンタはクローゼットの中にエリカへのプレゼント、犬のぬいぐるみを用意していた。

「今じゃなくてもいいのに」

僕がそれを受け取りながらそう言うと「パーティーが始まっちゃったら、あなたはカメラマンで忙しいんでしょ」と里香子は微笑んだ。

僕は紙袋から、綺麗な包装紙でラッピングされ金色のリボンの掛けられた箱を取り出した。大きな板チョコと同じくらいのサイズで、僕は中身が何であるかピンときた。

「はーん、里香子、これクレヨンだろ？」

「さぁ、どうかしら？　開けてサプライズかもよぉ」

「クレヨンさ、それくらい見当はつく」

リボンを解き包装紙の中からクレヨンの箱が現れた瞬間、手だけでなく身体からすべての動きが失われた。

「え、これは……」

「探すの大変だったんだから」

僕の手には、ボロボロになったクレヨンの箱があり、上蓋の端には「さわぐちまさひろ」という名前が書かれてあった。震える指先にやっとの思いで力を込め、上蓋を開ける。そこには巻き紙が薄汚れ、短くなったクレヨンが並んでいた。

「里香子……」

僕は顔を上げ、里香子の目を見つめた。

「あなたのお母さんから預かってきたの……。お母さん、赤羽に住んでた」

「まだ赤羽に……」

正直、混乱した。

「千葉の伯父さんに頼み込んで、やっとお母さんの住所教えてもらったの」

最近、里香子は「休日出勤がある」と何度か土日に家を留守にしたが、そういうことだったのか？　それにしても伯父が母の居場所を知っていたとは……。

「お節介なことだって分かってる。あなたが怒るかもしれないって考えた。だけど……」

里香子に勝手な真似をされたなどと怒りは感じなかったが、動揺は増すばかりだった。

「クリスマスを好きになってほしいなんて思ってないわ、でもあなたの生まれた日は好きでいてほしいの、そしてあなたを産んでくれたお母さんのことも……。お母さんね、今一人暮らししてるの。結局、再婚相手とは離婚したそうよ。でもね、千葉の家に戻れなかったって」

「でも、顔くらい見せられたはずだ……」

「おじいちゃんとの約束もあったみたい。それでも何度か訪ねたようだけど追い返されたそうよ。何より、あなたを手放したことを後悔しているわ」

「いや、嘘だ、そんなのは言い訳だ」

「そうかもしれない……。確かにあなたを見捨てたのかもしれない。だけど、世の中、みんな強い人ばかりじゃないし、男の人に影響されちゃう女の人もたくさんいるのよ。ほら、私だって、あなたと出会う前はね……。でも、あなたと出会ってどう？　私は不幸？　とってもしあわせよ……。それにお母さん、あなたのことは一日たりとも忘れたことはないって。その言葉、信じてあげてもいいんじゃない？　だってクレヨン、ずっと大事に持っていてくれたのよ。それって気持ちの表れじゃない？」

里香子のひと言ひと言が、頑《かたく》なな心を解かす。まるで冷たい氷の塊を日差しが解かすようだった。急に目頭が熱くなり、堪えようとしても涙が込み上げてくる。

僕は床に座り込んだ。

「くくく……」

「あぁパパが泣いてる」とエリカが心配して僕の膝の上に乗ろうとする。僕はエリカを抱きしめ、言葉にならない声を漏らした。

「エリカ、心配しなくていいの、パパ、大丈夫だから」

里香子は僕に近づくと、僕とエリカを両腕深く包んだ。

どれくらいの間、僕らはその体勢でいただろうか？　遠く走り去る電車の音が消えると、部屋は静寂に包まれ、置き時計が時を刻む音だけが響いた。

やがて里香子が「ねぇ、お願いがあるんだけど」と僕の耳元で呟いた。

少し落ち着きを取り戻した僕は「うん、ああ何だい？」と答えた。

「駅に迎えに行ってほしい人がいるの」

「え？」と驚きながらも、迎えに行く人が誰なのか僕にはすぐ分かった。

「そう、呼んだの、お母さん」と里香子は微笑み「会ってみればいいじゃない。それで、もし許せなかったら仕方ない。でも、あなたの心のけじめがつくはずよ」と言った。

僕はうんうんと頷き、洟をすすった。

「エリカ、パパにコート持って来てあげて」

「うん」エリカは僕の膝から降りて、部屋の隅へ走ってゆく。

戸惑いや恐れがないわけではない。何と言葉を掛けたらいいのかさえ分からないが、母に会いたい気持ちを抑えることはできなかった。

玄関口でエリカから渡されたコートを着ると、里香子に「いってらっしゃい」

と声を掛けられた。

「え?……」

里香子が一緒に行く様子はなかった。

きっと酷く心細そうな顔をしていたのだろう、で里香子はそんな僕の表情を読んで「私たちは部屋で待ってる。ちゃんとあなた自身が向き合わなきゃだめなのよ」と言った。

「ああ、そうだな……。でも、分かるかなぁ? 三十年も会ってないんだ」僕は苦笑いをした。

「必ず分かるわ」

里香子は僕の手を握り「だって、親子だもの」と、指先に力を込めた。

僕は一度、大きく深呼吸をし、ドアノブに手を掛けかけて振り向いた。

「里香子、そのなんて言うか……クリスマスも誕生日もいいもんだな。……ありがとう」

里香子は黙ったまま微笑み返してくれた。

表へ出ると、遠くイブの夜空に無数の星が瞬き、それは東京というツリーの飾りつけのようにも見えた。

「エリカ、もう一人分、お皿を用意するから手伝ってちょうだい」

「はーい」

ドアを閉めた背後から、妻と娘のやさしく温かい声が聞こえた。

最後のお便り

十七階にある〝スカイスタジオ〟と呼ばれる小部屋の窓の向こうに、遠く近く煌《きら》めきを放つ、東京の美しい夜景が宙に浮かんでいる。スタジオには窓が二面あり、新旧の名所、東京タワーとスカイツリーの姿を両方とも眺めることもできる。もうこの席に座って、こんな風景を見ることは二度とないのかもしれない。そう思うと、ふと切なくなる。

私がアナウンサーとして勤務する〝東京中央放送〟通称〝TCH〟は、テレビとラジオを有する放送局で、全国に系列局を持つキー局でもある。十年程前、JR大崎《おおさき》駅前の再開発に合わせ、社屋を四谷《よつや》から移転させた。ガラスの塔のようにそびえる社屋は見栄えがするが、どこか味気ない。加えて、入社三十年になる私は現場の一線で働いたという実感のある四谷の社屋に愛着があり、今なお懐かしい。

入社してから主にテレビのニュース番組に関わってきた。四十歳前後の二年間で、夜十一時台のニュース番組のメインキャスターを務めたこともある。

移転して間もない頃から、私の主戦場はラジオへと移った。何事も時の流れというものか。新しいものに取って代わられる。仕方のないことだ。名所も建物も番組も人も……。

――間もなく、曲終わりです。

ヘッドフォンを通じて、番組のディレクターである白崎《しらさき》の声が聞こえた。私は防音ガラスで仕切られた通称〝サブ〟と呼ばれる副調整室にいる白崎に頷いて応えた。

この番組『こころの焚き火』が始まって四年と七ヶ月が過ぎた。番組は、月曜から金曜の午後十時から始まる一時間の生番組だ。スタート時にはあまり期待されなかった。しかも、ナイター中継が延びれば度々放送が中止になった。

それでもスポンサーの理解と熱心なリスナーに支えられ、放送回数を積み重ねてきたのだ。内容は、日常に起こったちょっとしたいい話を紹介したりなどし、昭和のヒット曲を挟みながら進行する。思い起こせば、突然の腹痛に見舞われたり、噎《む》せ返って喋れなくなったりと、それ故のアクシデントも多々あったが、なんと言っても生放送は格別で、スタジオに漂う緊張感は醍醐味《だいごみ》のひとつだ。とはいえ、マイクに向かうのは私ひとり、制作スタッフは白崎とアシスタントという三人だけの空間だ。自由気ままな雰囲気もある。

――では、葉書、お願いします。

再び、耳元で白崎の声が聞こえた。曲がゆっくりとフェイドアウトしていく。

「はい、それでは、本日最後のお便りをご紹介しましょう」

私は葉書を手にした。

匿名希望、練馬区の七十五歳の女性からのものだ。私の母親と近い年齢だ。達筆ではないが、ボールペンで書かれた文字は整っていて読みやすい。

最近ではすっかり、ラジオ番組への投稿は電子メールが主になりつつあるが、この番組のリスナーには年配者が多く、直筆の葉書を送ってきてくれる人がたくさんいる。中には相当な崩し字もあり、読むのにひと苦労するが、それでも手書き文字には温かみが感じられてほっとする。

――そうですか、お孫さんのお受験、うまくいってよかったですね。でも早速、娘さんから支援要請があったとは。親御さんは幾つになっても大変なんですねえ。

通常は番組が始まる前の打ち合わせの際、採用分の葉書やファックスなどをもらうのだが、私はすべての〝お便り〟を初見で読むことにしている。事前に内容を知っていると、新鮮な感想が言えないからだ。

――困ったなあ、とおっしゃりながらも、文面から、笑顔が感じられます。頼りにされるおばあちゃん、まだまだ元気でがんばりましょう。

私は少し笑った後、ひと呼吸おいて続けた。

――さて、そろそろお時間が参りました。木曜夜のお別れの曲は、布施明さんで『シクラメンのかほり』です。それではまた、明晩お会いしましょう。

静かなギターのイントロが流れ始めた。

私はヘッドフォンを外し、原稿やファックス用紙、葉書を重ねたものを、テーブルの上でとんとんと軽く叩き、角を揃えた。そして、ミネラルウォーターで喉を潤すと、二度三度と首や肩を回し、上体を反らして思い切り伸びをした。

オンエアーを示す赤いランプが消え、局のジングルに続いて、CMが流れ始めた。

――はい、オッケーです。

白崎はそう言って、大きな輪を手で作ってみせた。

私は椅子から立ち、防音ドアを押し開けてサブへ移動した。

「シラやん、お疲れっ」

「テラさん、お疲れさまです」

アナウンス室では副部長と呼ばれているが、白崎からはそう呼ばれる。私もいつの間にか彼のことを、親しみを込めて〝シラやん〟と呼ぶようになった。白崎はひと回り下の世代だ。番組開始当初は、白崎が選ぶ昭和のヒット曲が八十年代のものばかりで、やはり年齢差を感じた。しかし、この頃は白崎もリスナーのことを考え、七十年代のものを意識して選曲しているようだ。

「明日が最後だって言いませんでしたね」

「うん、ああ。まあさ、殊更《ことさら》に、最後だ最後だって言わなくてもいいだろう。さりげなく消えていこうや」

今週月曜日の放送で、番組が終了することを一度だけ告げた。有り難いことに、継続希望や終了を惜しむ便りが多数寄せられた。

「自分で作ってて言うのもなんですけど、最近にはない、ほっとするようないい番組だと思うんですけどねえ。まあ、威張れるほど、数字は取っちゃいないですけど」

白崎は手にした紙コップの底を覗き込みながら大袈裟に溜息を漏らした。

開始当初からスポンサーをしていてくれた中堅ハウスメーカーが、業績の悪化から他社と合併、いや吸収されることになり、新体制の方針とやらでスポンサーを降りることになったのだ。この番組枠は、お笑い芸人を起用した、もっと若い世代向けの番組に変わる。

「改編シーズン過ぎてから、何もこんな中途半端な時期に……」

「そうだな。ま、でもそれぞれに事情ってやつがあるんだ、残念だが仕方ない。いやむしろ、これだけ長く支えてもらって感謝の気持ちでいっぱいだよ」

そうなのだ、私はこの番組のお陰で〝現役〟でいられたのだ。

あれは、もう七年前になる。高校時代の友人でつきあいのある大野《おおの》から電話が入った。大野はハウスメーカーで部長職にあった。

――寺田《てらだ》、実はひとつ頼み事がある。うちの専務、つまり社長の息子なんだが、やっと年貢を納めることになってな。ま、跡取り息子の披露宴ともなれば、それなりの規模のものになる。だから、それに見合った司会者が必要なわけさ。そこで、お前に頼みたいんだ。いや、その、社長にな、ＴＣＨの寺田とは親しい仲だって、つい喋っちまった。

ニュースキャスターとしての印象が未だ残っていた頃だ。

――大野、点数稼ぎをしたいってだけだろ。

――その通り。な、同級生のよしみで、頼む。

入社して以来、この手の話は少なからずあった。それなりの小遣い稼ぎになっていたことも事実だ。ただ最近の局内には、個人的なつきあいで〝司会業〟を受けることは好ましくないという風潮があり、許可を取ることも難しくなっているので自粛傾向にある。現在、若い部下たちがその手の話を知ると「副部長たちの時代はよかったですねえ」と羨ましがられる。

結局、私はそれを受けた。品川のホテルの大広間で行われた披露宴は、千人程が招待された盛大なものだった。

披露宴が無事にお開きとなり、控え室に戻って寛《くつろ》いでいると、披露宴の前にも丁重に礼を言われていたにも拘《かかわ》らず、社長の松尾《まつお》が挨拶にきてくれた。

「今日は息子たちのために司会を引き受けてくださり、ありがとうございました。お陰さまで、滞りなく行うことができました」

改めて礼服姿の松尾を見ると、額や目尻に深い皺が刻まれていた。経営者……少なくともそれまでに知り合った人たちは、どこかギラギラとした雰囲気を纏《まと》っていたが、松尾にはそれを感じなかった。

「心ばかりのお礼で申し訳ないのですが」

松尾は紫の袱紗《ふくさ》を出し、中から祝儀袋を取り出した。司会の報酬だ。報酬には相場があるらしいが、私は事前に額を言うことはない。少々ええかっこしいのところはあるが「お気持ちで結構です」というのが私のスタイルだ。

「お心遣い、大変恐縮です。では遠慮なく」

私は頭を軽く下げると、祝儀袋を両手で受け取った。品のないことだが、厚みの感触で松尾が用意してくれた報酬は結構な額だと分かった。

「どこかで一献《いっこん》とお誘いしたいところですが、まだちょっと野暮用がありまして。またの機会におつきあいをお願いします」

松尾の言葉は社交辞令だったとしても、なんとなく、いつかそういう機会があるのではないかと思った。

翌々年、私は赤坂のホテルで開かれた、ある経済団体の新年会で司会をすることになった。これは会社からの業務命令的なものであり、入社二年目の女子アナ、高津弥恵子《たかつやえこ》と一緒に、司会を務めたのだ。高津が振り袖にマイクスタンドを引っ掛けて倒しそうになるという小さな粗相はあったものの、会は無事に進行し、お開きとなった。

会を終えて、ホテルの玄関前にあるタクシー乗り場で順番待ちをしていると、一台のシルバーのベンツが目の前で停まった。スモークガラスが静かに下り、見覚えのある顔に名前を呼ばれた。

「寺田さん」

「あ、松尾社長、ご無沙汰しております」

「私も新年会に出席していたのでね。今日は遠くから司会席の寺田さんを拝見していましたよ」

「そうだったんですね」

「寺田さん、お時間はありますか? いや、随分経ってしまいましたが、もしお時間があれば、ほら、いつぞやの約束、一杯つきあってもらえませんか」

特に予定はなかった。タクシー待ちの行列ができていたし、何より吹き抜ける風が寒かった。私はその誘いを受けることにした。

新橋《しんばし》の路地裏にある小料理屋に連れて行かれた。選ぶ店も松尾らしい感じがした。

「実は賑やかな場所は苦手でしてね。昔から、ここに来ると落ち着くんです」

松尾はそう言って、割烹着《かっぽうぎ》姿の女将が差し出すおしぼりを受け取った。

酌を交わし、肴《さかな》を突《つ》きながら、披露宴のときの話に始まり、やがて政治、経済の話題になった。

「我が社も、少しばかり厳しい状況です」

「いや、うちの局もぐんと収入が落ち込んで大変です。番組制作費のカットは、もう目を覆わんばかりの惨状で」

局内から聞こえてくるのは悲鳴にも似た声ばかりだ。もっとも、下請け会社からすれば、それでも天国のように映っているだろうが……。

「寺田さんは今もニュース番組を？」

「はい。でも、最近はラジオでニュースを読んでます」

仕事の中心はラジオに移っていた。肩書きは副部長に変わっていたが、管理職は私にとって魅力のないものだ。だが、先輩たちが通ってきた道でもある。

「アナウンサーは、何か喋ってるからアナウンサーだろ。デスクに座ってハンコをついていてもしょうがない」

私の最近の口癖だ。若い頃……いや、怖いもの知らずの頃には、窓際へ追いやられることすら想像できなかった。

すると、松尾が静かに口を開いた。

「ラジオですか……。若い頃、よくラジオを聴きましたよ。私は中学を出て地元長崎の工務店に入り、そこから裸一貫で会社を興し、今に至ったわけです。当時、現場でね、トンテンカントンテンカンって音に混じって、ラジオの音が聞こえてきたもんですよ」

成功を収めるには苦労もしたはずなのに、松尾からはそういう匂いがしない。

「冬の寒い日に、一斗缶《いっとかん》に焚き火を熾《おこ》して、その周りで木材の切れっ端なんかに腰掛けてね、弁当箱のメシをかっ込みながら歌謡曲を聴くのが好きでしたよ」

「焚き火……ですか。そういえば最近は見掛けなくなりましたね」

「焚き火っていうのは、なんだか、心を温かくしてくれました。それにあの赤い炎を見てると、こう、勇気というか、やってやるぞって気になったもんです。今の日本には、焚き火そのものがなくなっただけでなく、燃える気持ちやほっとできる何かがなくなってしまったようで、まあ、なんとも淋しい気がします」

松尾はおちょこを持つ手を止めて視線を遠くへ向けた。

「ああ、私たちの業界も同じですかね。そういう焚き火のような番組がなくなってしまいましたね。ガサツなものばっかり増えてしまって……。もっとも、番組の心配より、自分の心配をせねばなりませんが……」

話の成り行きとはいえ、つい口が滑り、愚痴になった。

「は、どういうことですか？」

「いや、その……。おそらく夏前の人事では、どうやらアナウンス室からお払い箱になりそうです」私は自虐的に薄笑いを浮かべた。

「不勉強で恐縮ですが、アナウンサー職というものは退職まで続けられるわけではないのですか」

「ええ、残念ながら」

「いや、社内の事情もおありになるんでしょうが、それはもったいない気がしますなあ」

アナウンサーは専門職だが、まったく畑違いな部署に異動になるケースは少なくない。アナウンサーを全《まっと》うして退職できる者は限られている。とはいえ、まだ異動ができるというのであればマシなのかもしれない。

専門職故に、他の業務には疎くなる。要領のつかめない部署へ移ることは新人と同じで、半端に歳をとった新人ほど扱いが厄介だ。よって受け入れ先の部署が承知してくれなければ異動はできないのだ。アナウンス室に長く残るというのは、出世したか、引き取り手がないか、そのふたつなのだ。

「会社の考えですから、異動は仕方ないとしても……。うちの母親が私の出る番組を楽しみにしているようで。まあ、唯一の親孝行のようなものですから……」

「それはそうでしょう。誰でも叶うというものではないでしょうから。そういう職業の息子さんを持った親御さんの特権ですからね。きっと自慢なんですよ」

「いやいや、そんなことは……」

妙にくすぐったい気分になって頭を掻いた。そんな私の隣で、松尾が手のひらをじっと見つめているのに気づく。

「寺田さん」

「あ、はい……」

「うちは父を戦争で亡くし、母が貧しい中で自分の楽しみなど一切考えず、魚の加工工場に勤め続けました。黙々と形振《なりふ》り構わず働いて兄弟三人を育ててくれましてね。だから、私は一旗揚げて、そんな母に楽をさせてやりたいと頑張ったものです。私の夢はね、長崎に母の家を建ててやることだったんですが、叶える前に亡くなってしまったので。親孝行の真似事さえできず仕舞いです……。そんな私に比べれば、あなたはしっかりと親孝行をしてらっしゃる」

「そうだといいんですが。まあ、それにしてはよく文句を言われますよ。『暗いニュースばかり読んでないで、明るいニュースだけ読めばいいものを』……なんて。そんなわけにはいかないですよ」

重くなりかけた雰囲気を解《ほぐ》そうとして、私は笑ってみせた。

「明るいニュースだけ……ですか。いや、お母さんはいいことをおっしゃる。世の中はそうあるべきです。ほお、そうですかあ……」

松尾はいたく感心した様子であり、黒革の手帳を取り出すと、何か書き記した。

松尾と会った日から一ヶ月が経った頃、思いがけない知らせが入った。新しいラジオ番組の企画が広告代理店を通じ提案され、しかも、そのパーソナリティーには私が指名されていたのだ。タイトルは『こころの焚き火』。スポンサーは松尾の会社だった。かなり異例な編成になったが、私にとっては何ものにも代え難い朗報であった。

お礼の電話を掛けると、松尾は穏やかな口調で答えた。

――お母さんの想いを叶える、いい番組にしてください。それで私の分の親孝行もお願いしますよ。

松尾の言葉に身震いした。

そして、桜前線が関東へ北上してきた頃、番組はスタートしたのだった。

「あ、そうだ。お母さんのためのカセットテープも、明日で最後ですね」

白崎が我がことのように残念な表情を浮かべた。

母は心臓病を患い、夏の終わり頃から府中《ふちゅう》の大学病院に入院している。病室では消灯時間後に始まる番組を聴くことができない。いや、イヤフォンを耳に差し込んで、こっそりと聴けば聴けないわけではない。ところが……。

「暗闇でごそごそしてたら、他の人の迷惑になるだろう」

「だから、個室にすればよかったんだよ。保険だってあるし、足りなけりゃ、オレや姉さんたちだって、それくらいの費用は出せるんだから」

「イヤなの、ひとりの病室は。人の気配があれば安心だから」

八十歳を前にして、頑固なのか淋しがり屋なのか、またはその両方なのかよくは分からないが、四人部屋を希望した母の言い分はそういうことだ。

そこで一週間分の放送を録音して、土曜日に見舞うときに手渡すことにした。

「今時、カセットテープだもんな……。シラやんには、余計な手間を掛けさせちゃったよなあ」

「それくらいお安い御用ですよ」と白崎は手を振った。

母は、次から次に発売される新しい家電に追いつけないようだ。もっとも、最近は私も分からないことが多いので、あまり人のことは言えないが……。

「昔、オレが発声練習とかしていた小さなラジカセを譲ったんだ。それを今でも使ってる。物持ちがいいというかなあ」

「テラさんのお母さん、番組が終わっちゃうと淋しく感じるでしょうねえ」

「それがさ、実は母にはまだ言ってないんだ。番組が終わること」

終了を告げた月曜の放送分のカセットは、まだ手元にある。だから母は知らない。

「きっと、番組が終わるんだよって言ったら『お前がしっかりしてないから番組が終わっちゃうんだよ』……てなこと言って、また叱られるのがオチだな、たぶん」

「厳しいっすねえ」

「ああ、昔からな。厳しいっていうか口煩《うるさ》いっていうか。いちばん言われたのが『お前は物事を全うしたことがない』っていう小言だったよ」

事実、小さい頃の習い事、例えば、ピアノや算盤《そろばん》など、自分で伸び悩みを感じると「オレ、もうやめる」と言い出すような子であった。

ふたつ年の離れた姉、典子《のりこ》は要領がよい上に飲み込みが早く、習い事はやり通す人だったので、余計に私は堪《こら》え性《しょう》のないダメな弟として映ったのかもしれない。

「中学、高校の部活も、サッカーやったり、バスケやったり、挙げ句に帰宅部を決め込んだし」

加えて、現役での大学受験に失敗すると「オレ、もう就職する」ってごねたりもした。そして、行き着いた先が離婚だ。

私の結婚生活は三年保《も》たなかった。何が原因かと問われても未だによく分からない。

別れた妻は、今で言うCAだった。まだスチュワーデスと呼ばれていた時代に彼女は国際線に乗務していた。私が中東へ取材に向かう機内で知り合い、半年後に結婚。絵に描いたような業界カップルだと同僚から冷やかしの声が上がったものだ。

しかし、お互い仕事が優先で、擦れ違いの生活が続き、一緒に暮らすことに意味を見出せなくなった。どちらからともなく「別れようか」という言葉が出たのだ。子どもがいなかったのも、すんなり離婚に向かわせた理由かもしれない。

母に離婚を告げたときの、なんとも切ない、それでいてどこか呆れた様子のあの顔は忘れられない。私生活では、とても孝行息子とは言えないのだ。

「そんな調子だから、母には頭が上がらないってわけさ。小言のひとつやふたつ言わせるっていうのも親孝行の内だってことで。まあな、思えば、親父が早くに亡くなって、あの人は苦労をしてきたんだ」

私の実家は井《い》の頭《かしら》線の沿線にある。最近はすっかり街の景色も変わってしまったが、私が子どもの頃は、白菜畑とキャベツ畑が駅前に広がっていた。今でも、少し歩けば栗畑がある。

駅前商店街の一角で、うちはクリーニング店を営んでいた。父が始めた店だった。蒸気の向こうで父がアイロン掛けをする姿を朧げに記憶している。

私が小学三年生のとき、父が肝硬変で入院した。病人を抱えながら、母がひとりで店を切り盛りしたのだ。それから入退院を繰り返した父は、二年後に他界した。親戚から店を畳むことを勧められたようだが、母は「お父さんの店だから閉めるわけにはいかない」と言い続けた。

渋々、引退を決めたのは、十五年前のことだ。腰痛が悪化したのがきっかけとなった。

「母さん、気持ちは分かるけど、やっぱり潮時だよ」

私と姉が必死に説得をして、やっと閉店を決めた。

建物を建て替え、一階はドラッグストアに貸し、二階と三階を住居スペースとした。そこで母は姉夫婦と一緒に暮らすことになった。長男だが、姉たちに実家を譲ることに異存はなかった。むしろ、その在り方がよいと思えた。姉が一緒なら心配はない。

「そういうことで、曲がりなりにも今のオレがあるのは、尻を叩いてくれた母親がいてくれたからだし。何より、意外と母親のことを好きだったりするからな。あれ、オレってもしかしてマザコンか？」

私は笑いながら、鼻の頭を人差し指で擦った。

「いいんじゃないですか、それで」白崎は何度か頷いて答えた。

「だから、この番組はさ、いつかは来るであろう終了の日まで、きっちり勤め上げようと腹を括ったんだよ」

四年七ヶ月の間、私は体調管理を怠ることなく過ごした。それでも風邪で熱が出たこともある。しかし、放送がある限り、私はマイクの前に座ったのだ。

「残念な気持ちもあるが、本音を言えば、どこか解放されるっていう安堵感もある。ま、とにかく、明日の放送を全うすることに全力を尽くすってことだ。その先のことなんか、今はどうでもいいよ」

「じゃあ、明日、番組が終わったら、パッと打ち上げに繰り出しますかあ」

「ああ、男だけでな」

私は白崎の肩をポンと叩き「じゃあ、お先に」と言ってスタジオを後にした。

「最後の最後で、風邪なんかひかないでくださいよ。どうやら明日は師走並みの寒波が来るらしいっすから」

白崎の忠告に、振り向くことなく右手を上げて「了解」と応えた。


白崎の言っていた通り、番組最後の日は気温の上がらない寒い一日となった。夕方から雨も降り出し、予報では夜半にかけて一段と冷え込むらしい。私は窓際から雨粒の落ちてくる黒い空を見上げた。

私にとって意味のある一日であっても、他の者にとってはいつもの一日に過ぎない。アナウンス室はいつもと変わりない様子だ。

壁に取り付けられた時計を見る。三十分後には番組が始まる。そろそろ母の病院は消灯時間だ。最後の放送くらい、リアルタイムで聴いてほしかったが……。

「さてと、行くか」

誰に告げるともなく、そう独り言を呟いて腰を上げた。

アナウンス室を出て、廊下をゆっくりとした足取りで〝スカイスタジオ〟へ向かう。この通路を私は何度通ったのだろう。

少しばかりの感傷に浸りながら、十七階でエレベータを降りたとき、上着の胸ポケットから微かに振動するスマホの気配を感じ取った。これから本番に臨もうとする前に、雑事につきあう必要もなかろう。無視だ。やがて振動は消えた。しかし、すぐに再び振動し始めた。母のこともあるので少し気になり、相手くらいは確認しようかとスマホの画面に目を落とした。姉さん……。

――はい、もしもし。姉さん、どうかした？

――母さんが、母さんの容態が急変したって、今、病院から連絡が入ったのよ。

取り乱した姉の声から緊迫感が伝わる。一気にざわざわとしたものが胸に広がる。

――廊下で倒れてたところを看護師さんに見つけられたって。あとは詳しいことは分からない。

先週の土曜日に見舞ったときは、そんな状態になるような様子など少しも感じなかった。

――私は、これからうちの人と向かう。あんたも、すぐに。

病院へ駆けつけたいのはやまやまだが、番組はもうすぐ始まる。

慌てて家を出る支度をしながらケータイを握っているのだろう。姉の息が上がっている。その声の後ろから「おい、車回すからな」という義兄の声がした。

――姉さん、これから本番なんだよ。

――なんとかならないの？

――なんとかできる手立てがあるなら、オレだってやるさ。

〝いいか、この商売はな、親の死に目にも遭えないかもしれないと覚悟しておけ〟と、新米のときの上司だった向島《むこうじま》部長から言われた言葉が頭を掠《かす》めた。

――親が危ないってときに。あんたはもうっ。

――いや、だからさあ。

ここで言い争ったとしても何をできるわけでもない。

――とにかく、こっちが終わったら飛んでくから。

長いこと悲惨なニュースを伝えてきたせいか、いつしか物事を客観的に捉える癖がついた。母のことも、どうしたものかと焦る反面、どこかニュースの原稿を読んでいるような手触りなのが、我ながら薄情に感じた。

スタジオの入り口で立ち止まり、深呼吸をした。母のことをスタッフに話す気はない。事情を話せば、現場の雰囲気が深刻になるだけだ。それに話したところで、もう手立てはないのだ。

「いよいよ、オーラスっすね」

私に気づいた白崎がそう言って口元を結んだ。

「ああ、きちっと全うしよう」

私たちは打ち合わせに入った。白崎が作った進行台本と、今晩読む葉書をアシスタントから受け取る。すべてはいつもの流れ通りで、母の容態のことも番組が終わることも関係ない。

放送開始三分前、私はマイクの前に座り、一度、目を閉じると心の中で念じた。

母さん、どうにか持ち堪えてくれ……。

——はい、では、そろそろ本番。

白崎の声に続き、十時の時報、そして番組のタイトル曲が流れた。白崎がサブから手を振ってキューを出す。

——今晩は。『こころの焚き火』寺田武《たけし》です。いやあ、今夜は冷え込みますねえ。さて、今夜の一曲目は……。

喋り始めると母のことが頭から消えた。私にも一端《いっぱし》のプロ根性はあるようだ……と、五輪真弓の『恋人よ』を聴きながらふと思った。

番組は坦々と進み、それでもあっという間に一時間が過ぎようとしていた。

——テラさん、オレ、ちょっと泣きそうですよ。

CMの間に、白崎が冗談めかして話し掛けてきた。私は声を発することなく〝泣け〟と、口を動かした。

——ではでは、最後のコメント、ビシッと決めてください。

白崎が最後のキューを振った。

——『こころの焚き火』は本日をもって終了いたします。長い間、お聴きいただき、誠にありがとうございました。思い起こせば数々のお便りに、ときにはほろりとさせられ、ときには大いに笑わされたという日々でした。番組は終了いたしますが、これからもみなさんの身の回りに、些細ではあってもいい出来事がたくさん起こることをお祈りしております。大変、名残惜しいのですが、本当に最後の一曲になってしまいました。この番組をずっと支えてくれた相棒、白崎ディレクターが選んでくれた、この曲でお別れします。尾崎紀世彦さんで『また逢う日まで』。

ブラス系の迫力のあるイントロが始まった。

もう私の声の出番はない。すぐに席を立ち、スタジオを飛び出しても問題はない。しかし、私は番組の終焉を嚙み締めるように歌声に耳を傾けた。白崎がオッケーと言うまでは番組は〝生きている〟のだ。

――はい、オッケーです。テラさん、お疲れさまでした。

白崎のその声に私はアナウンサーから、ひとりの息子に戻った。

鞄と上着を摑み、サブに出て「すまん、打ち上げは今度にしてくれ」とだけ白崎に言うと、私はスタジオから出て廊下を走った。

玄関前につけていたタクシーに乗り込み、府中の病院名を告げる。うわずった私の声に運転手は何がしかを悟ったのだろう。「なるべく急ぎます」と答えた。

それでも府中までは、一時間くらいはかかる。

大粒の雨をワイパーが弾く様を見ながら、姉に電話した。

――あ、姉さん、今、車に乗った。で、母さんは……。

──……集中治療室に入ったまま……。

声に落胆の色が滲み出ている。ふと、姉が頭を振る様子が浮かんだ。

「工事かよ」運転手が舌打ちした。

道路工事で迂回を強いられる。急いでいるときに限って、こうして行く手を阻まれる。

「運転手さん、別にいい道ないですか」

私は無力だ。母さん……頼む、がんばってくれ。母さん……。私は膝の上で拳《こぶし》を握りしめた。

〝そんなにバタバタするんじゃないよ、みっともない〟

気のせいだろうか、母の声が聞こえた気がする。

あれは、鉄道の事故現場から初めて中継を任されたときだった。新米アナの私は、現場の雰囲気に呑まれ、見ようによっては、はしゃいでいるかのようにレポートをしてしまった。その中継を見た母に〝人様が酷い目に遭ってるっていうのに、バタバタするんじゃないよ、みっともない〟と、叱られたのだ。私はつい可《お》笑《か》しくなって鼻を鳴らした。全然、進歩してないね、母さん……。

やがて病院の建物が見えてきた。時刻は零時を過ぎていた。

タクシーは病院のエントランスへ滑り込む。予《あらかじ》め財布から抜いておいた一万円札二枚を「お釣りはいりません」と渡し、転げるように車外へ出た。吐く息が白い形になって闇に消えてゆく。

正面玄関は閉ざされていて、夜間診療受付の出入り口に回り込む。大体、集中治療室って、どこなんだ？ 小窓から警備員に尋ね、場所を教えてもらったが、病院という建物は迷路のようで要領を得ず、たかが一階の奥にある集中治療室にたどり着くまでに、だいぶ時間を費やした。

静まり返った院内に私の立てるけたたましい靴音が響く。息も絶え絶えの状態で、ドアの前に立つと、中から白衣を着た医師が出てきた。

「母は、寺田サチは？」

医師はゆっくり首を振ると「先程、息を引き取られました」とお辞儀をした。

「そ、そんな……」

俄《にわか》には医師の言葉を受け入れ難く、室内に飛び込んだ。額や首筋、全身の至るところから汗が噴き出した。

姉夫婦と、甥と姪が振り返った。

「武……」

姉がよろよろと近づいてきて、泣きじゃくりながら私にしがみついた。私は姉を支えるように母に近づく。姉家族が私に道を譲るようにベッド脇を空けた。私は座り込んでしまいそうな脱力感に見舞われながら、一歩そして一歩と近づいた。

「母さん……どうして、こんなに急に……」

まるで眠るように横たわる母の顔に向かって問い掛けた。

「どうも、ラジオをね……聴こうとしてた……みたいなのよ」姉がそう言って声を詰まらせた。

「ラジオって、もしかしてオレの？　でもなんで、廊下で倒れてたんだろう？」

姉に訊くと、姉は握ったハンカチで目の辺りを拭《ぬぐ》い、ひとり残っていた中年の看護師に視線を送った。私もそれに釣られるように彼女を見た。

看護師は小さくお辞儀をすると話し始めた。

「私が倒れているお母さんを見つけました。昨日の晩も、十一時前でしたか、自販機コーナーのベンチでラジオを聴いていたんです。私が何をしてるんですかと尋ねると『消灯後にごそごそやるのは他の人の迷惑になるから』っておっしゃってました。ここは寒いからもう寝ましょうねって言うと『息子がやってる番組だから聴いてあげないと』って。もしかして、入院してから毎晩聴いていたんですかって尋ねたら、頷かれて」

母はリアルタイムで放送を聴いていたのだ。ふと、薄暗く寒いベンチに座り、じっと番組が始まるのを待つ母の姿が浮かんだ。

「一応、規則ですからダメですよと注意しましたら、お母さんは『明日で息子の番組は終わるので、そうしたらちゃんと規則を守りますから許してください』って、頭を下げられて……」

不意に込み上げてきた感情に目頭が熱くなる。

「それで今晩もラジオを聴くつもりなのだろうと、気にしてはいたんです。消灯時間の少し前に見回りをしようとしていたんですが、ナースコールがあって。で、消灯後に病室を覗いたんです。そうしたらお母さんの姿がベッドになくて。自販機コーナーに行ったら、そこで蹲《うずくま》るように倒れていたんです。今日は夕方からぐんと冷え込んできましたから、それで……」

オレの放送を聴くために、三十分も前からそんな場所にいるなんて……。おまけに、最後の放送を聴けなかったなんて……ばかじゃないのか。そう心の中で、悪態をつきながら、涙が溢れて止まらなくなった。

息を何度も吸い込んで呼吸を整える。そして最後に大きく吐き出した。

「悪いけど、ちょっとの間だけ、ふたりきりにしてもらえないかな？」

姉家族と看護師にお願いした。彼らは一様に頷くと治療室を出た。

まだ微かに息をしているような母の顔をみつめた。こんなに皺だらけだったかな。

「母さん……」

痩せて節くれだった指に触れる。まだ温もりがある。きっと魂はまだ近くにいるのだ。

窓の外に目を向けると、何かの鉄塔の先端に光が点滅していた。まるでオンエアーの赤いランプが点いているようだ。

「母さん、いいかい……」

私はベッドに上体を載せると、母の耳元に口を近づけた。

「それでは、最後のお便りを紹介しましょう。寺田武さんからのお便りです。私の母は昔から躾に厳しい人でした。それは私がダメな息子だったからです。物事をすぐに投げ出すような子どもでした。いや、大人になってからもダメでした。でも、あなたに叱られると、なぜか少し嬉しい気もしました。だけど、たまには褒めてほしいときもありました。だから、あなたの容態が悪くなっても、番組を投げ出さずに、我慢してやり遂げました。こんなダメ息子が一端のアナウンサーになれたのは、あなたが日本一の母だからだと思います。あなたに育ててもらったことを本当に感謝しています。面と向かって言えなかった気持ちを、最後の最後に伝えたいと思います。母さん、ありがとう……」

母さん、聴こえたかい？　ちゃんとオレ、全うしただろう。今度こそ、褒めてくれるかい？

本書は、既に刊行されている著作を再編集したものです。
作中に登場する人物、団体名は全て架空のものです。

底本一覧【すべて双葉文庫】

ホタルの熱　「家族の言い訳」二〇〇八年・一二月
ママ、みーつけた　「家族の分け前」二〇一二年・六月
渡り廊下の向こう　「小さな理由」二〇一一年・一月
いちばん新しい思い出　「小さな理由」二〇一一年・一月
後出しジャンケン　「家族の見える場所」二〇一四年・一一月
イブのクレヨン　「家族の言い訳」二〇〇八年・一二月
最後のお便り　「家族の見える場所」二〇一四年・一一月